어린사자의시간

꿈을 찾아 떠나는 여행

어린
사자의
시간

권오단 지음

산수야

어린사자의시간

초판 발행   2019년 3월 4일
2쇄 발행   2020년 7월 6일

지은이   권오단
발행인   권윤삼
발행처   산수야

등록번호   제1-1515호
주소   서울시 마포구 월드컵로 165-4
우편번호   03962
전화   02-332-9655
팩스   02-335-0674

ISBN 978-89-8097-451-1   02810
값은 뒤표지에 있습니다. 잘못된 책은 바꾸어 드립니다.

이 도서의 국립중앙도서관 출판시도서목록(CIP)은
서지정보유통지원시스템 홈페이지(http://seoji.nl.go.kr)와
국가자료공동목록시스템(http://www.nl.go.kr/kolisnet)에서 이용하실 수 있습니다.
(CIP제어번호: CIP2019003134)

알 수 없는 미래를 걱정하며
오늘을 살아가는 이 땅의 청소년들과
엄혹했던 80~90년대를 꿋꿋하게 살아왔던
학력고사 세대들을 위하여……

차례

자유인

1990년 5월 5일.

꼬질꼬질한 도배지 벽에 걸린 달력의 날짜에 빨간 매직으로 동그라미를 그렸다. 오늘은 17년 동안 갇혀 지내던 집을 벗어나 새로운 세상에 첫발을 내디딘 역사적인 날이다. 나는 네 활개를 활짝 펴고 방안에 벌러덩 드러누웠다. 거무튀튀한 천장에 형광등 하나, 책상 하나, 비키니 옷장, 전기밥솥, 미니냉장고, 라디오 하나가 있는 이곳은 나의 자취방이다.

동네에서는 이 집을 호두나무집이라고 불렀다. 집 앞에 큰 호두나무 한 그루가 서 있기 때문이다. 녹색 페인트칠을 한 대문을 들어서면 왼편에 재래식 화장실이 있고, 오른편에 방 하나가 있다. 대문 옆방은 대학생 형의 자취방이다. 마당으로 들어오면 함께 쓰는 수도가 있고 일자형의 한옥이 있다. 다섯 칸 한옥 중에서 가장 왼편 방은 주인 할머니가 거처한다. 그 옆 칸은 부엌이다. 나머지 세 칸은 자취생들이 거주했다. 그 중에서 오른편 끝 방이 내 방이다. 내가집을 벗어나 자취방을 얻게 된 것은 사연이 있다.

나는 본래 이 도시에서 멀리 떨어진 U시에서 U고등학교를 다녔다. 나는 U고등학교에서 생긴 한 가지 사건 때문에 이곳으로 전학 오게 되었다. 그 사건을 이야기하기 전에 내 소개를 먼저 해야겠다.

내 이름은 김팔봉. 나이 17세, 몸무게 58Kg, 키는… 170이 약간 안 되지만 아직도 키가 크는 중이니 정확한 키는 말하지 않겠다. 나는 내 또래 아이들의 평균 체구보다 약간 작고 남들보다 촌스러운 이름을 가진 평범한 학생이다.

내 이름이 팔봉이가 된 것은 잘 알지도 못하는 철학관 명리학 선생 때문이었다. 내가 태어났을 때 할아버지는 용하다는 철학관에 찾아가 내 이름을 지었다. 나중에 출세하게 되는 이름이라는 이유로 무려 2만 원이나 지불했지만 내 이름은 초등학교 때부터 놀림의 대상이었다. 육봉이,

칠봉이, 팔봉이, 구봉이, 아이들은 내 이름을 제멋대로 바꿔가면서 놀렸다. 봉봉 음료수가 나왔을 때는 봉봉이라는 별명으로 불렸고, 짓궂은 녀석들은 뽕뽕이라고도 불렀다.

만약 할아버지가 철학관을 찾아가지 않았다면 내 인생이 달라졌을지도 모른다. 하지만 이름은 내 의지와는 상관없는 미래의 운명에 결정되어 주민등록상에 기록되었고, 사람들의 뇌리에 내 이름이 기억된 지 오래였다. 나는 항상 내 이름을 부끄럽게 생각했다.

하지만 학교에는 나보다 더한 이름을 가진 친구들도 많았다. 변태용은 변태 중의 용이라고 놀림을 당했고, 신병목은 이름을 거꾸로 해 보면 안다. 최수학은 이름이 멀쩡해 보이지만 수학시간이면 불려나가 수학 문제를 풀어야 했고, 오단이라는 녀석은 수업시간마다 배추 석단, 무 넉단 같은 이름으로 놀림을 당했고 언제 육단으로 올라갈거냐는 되지도 않은 농담을 들어야 했다. 그 밖에도 나보다 이름이 이상한 놈들이 많았기 때문에 내 불만은 차차 사라져 갔다.

내 이름이 가장 곤혹스러울 때는 소개팅에서 여자를 만날 때였다. 처음 본 여자애들은 내 이름을 듣기만 해도 웃음이 빵 터지기 일쑤였다.

어떤 인간은 육봉이라고 했다. 육봉은 남자의 상징을 의미한다. 나는 그런 소릴 들을 때면 얼굴이 화끈하게 붉어졌다. 하지만 그것도 차차 이력이 나자 나는 도리어 그 이름을 나의 장점으로 만들었다. 왜냐하면 여자애들은 유머러스한 남자를 좋아하니까.

물론 나는 한 번도 여자들에게 선택을 받아본 적이 없다. 내 유머코드가 여자애들과 맞지 않았다기보다 내 얼굴이 상대방에게 호감을 주지 못한 것 같다.

나를 못생겼다고 상상하는 사람도 있겠지만 결코 그런 것은 아니다. 여자들은 원래 탤런트처럼 잘 생긴 사람들을 좋아한다. TV가 여성의 관점을 바꾼 것일 뿐이다. 얼굴로 말하자면 나는 중간 정도에 속한다. 못생기지는 않았지만 그렇다고 잘 생기지도 않았다. 한마디로 봐 줄만은 하다는 거다. 물론 이건 지극히 개인적인 생각이지만 말이다. 내 얼굴에 관해서는 적당히 상상해도 좋다.

나는 공부보다 노는 것을 좋아하는 편이다. 노는 것을 싫어하지 않는 사람이 어디 있겠냐만 공부를 못하니 상대적으로 노는 것을 좋아할 수밖에 없는 것이다.

나는 만화방에서 혼자 만화 보는 것을 좋아한다. 만화책

11

도 책이니까 광역적인 의미에서 독서라고 하겠다. 나는 어려서부터 독서를 좋아했다. 내가 독서를 좋아하게 된 것은 전적으로 아버지의 친구 덕분이다. 아버지의 친구가 집 근처에서 만화방을 하셨다. 나는 여섯 살 때부터 만화방을 우리집처럼 출입했다. 아버지의 친구는 어린애가 만화책을 읽겠냐고 생각하셨는지 돈을 받지 않으셨다. 그 덕분에 나는 만화방에 쌓인 수많은 만화책을 공짜로 볼 수 있었다. 꽉꽉이 일등병과 로봇 찌빠는 아직도 기억나는 만화들이다.

무언가에 몰두하면 얻는 것이 반드시 있기 마련이다. 만화를 열심히 본 덕분인지 나는 남들보다 글자를 빨리 깨치게 되었다. 아버지는 누가 가르쳐 주지 않았는데 글자를 깨치고 책을 척척 읽어 내는 것을 보고 굉장히 기대를 하신 모양이었다. 그래서 아버지는 전집류들을 마구 사들이셨다. 과학 · 역사 · 동화 등등 당시 방문형 영업사원들은 나 덕분에 뜻밖의 수지를 맞았다. 나는 아버지의 기대에 부응하여 뜻하지 않게 전집류까지 접하게 되었다.

당시에는 초등학교에 입학하면 한글부터 배웠다. 1학년 때 처음 배우는 것이 한글의 자음과 모음이었다. 가슴에 손수건을 달고 누런 코를 흘리는 아이들이 자음과 모음을 배우고 있을 때 나는 책을 읽고 있었다.

선생님께서는 글을 척척 읽어 내는 나를 칭찬하셨다. 당시에 나는 잘난 척을 좀 했던 것 같다. 하지만 학년이 올라갈수록 나는 아이들에게 뒤처지게 되었다. 아이들이 열심히 교과서를 공부할 때 나 혼자 만화책과 동화책, 전집류에 빠져 살았으니 학년이 올라갈수록 수준차이가 벌어지는 것은 당연한 일이었다.

사실 동화책이나 만화책은 재미가 있었지만 공부는 재미가 없었다. 재미없는 것은 하지 않았으니 공부를 못하는 것은 지극히 당연한 일이었다. 한번은 산수시험을 치다가 연필 한 다스로 셈을 하는 문제가 나왔다. 나는 손을 번쩍 들고 선생님께 연필 한 다스가 몇 개인지 물어보았다. 선생님은 피식 웃으시며 말해 주지 않았는데 나는 정말 한 다스가 몇 개인지 몰랐다. 그러니 성적이 좋을 수가 없었다. 친구들이 가을 낙엽 떨어지는 성적표를 받아올 때 나는 양떼 목장 성적표였다. 나는 토끼와 거북이에 나오는 토끼였던 것이다.

6학년 무렵에는 나머지공부의 단골이었다. 나머지공부란 학업이 뒤처지는 아이들이 방과 후에 남아서 공부하는 보충수업을 말한다. 나는 수업이 끝난 후에도 집에 가지 못하고 따분한 교과서를 붙잡고 있어야 했다.

그땐, TV에서 톰소여의 모험 · 허클베리 핀 · 15소년 표류기 · 엄마 찾아 삼만리 · 들장미소녀 캔디 · 은하철도 999 · 미래소년 코난 · 마징가Z 같은 만화영화가 방영되던 시절이었다. 그렇게 재미있는 만화영화가 방영되는데 어떻게 공부를 할 수 있단 말인가? 나는 성냥갑 같은 교실에서 종잇장이나 뒤적이는 것이 불만이었다. 나의 상상의 나래는 우주에가 있었는데 교과서의 수학공식이 머리에 들어올 리 없었다. 나머지공부에도 불구하고 나의 성적은 나아지지 않았다.

나 역시 공부와 인연이 있다고는 생각지 않았다. 나에 대한 기대가 컸던 아버지의 실망감도 컸다. 아버지는 술을 마시고 집에 오시면 으레 나를 불러 앉히고 한심하다는 듯 내 얼굴을 물끄러미 바라보다가,

"이 자식아, 너는 대체 뭐가 될래? 공부는 안하고 허구한 날 TV나 만화책을 보면 밥이 나오냐, 떡이 나오냐? 나중에 밥 벌어먹고 살겠냐?"

하고 꾸중 섞인 말을 하셨다. 내가 TV에 몰두하면서 아버지는 격분한 나머지 TV 전기선을 몇 번이나 끊으셨다. 그럴 때면 나는 큰 잘못을 저지른 것 같아서 쥐구멍에라도

들어가고 싶었지만 눈앞에 만화영화가 아롱거릴 때면 TV를 보고 싶어 견딜 수가 없었다. 이럴 거라면 차라리 집에 TV를 들여놓지 말든가. 아버지는 왜 TV를 들여놔서 나를 이렇게 괴롭히는지 모르겠다고 생각했다.

사실 나에게도 할 말은 있다. 내가 공부를 못하는 것은 나만의 책임은 아닌 것이다. 부모님은 부부싸움을 할 때 내가 공부 못하는 것을 상대방 탓으로 돌리셨다. 아버지는 엄마를 탓하고, 엄마는 아버지를 나무랐다. 내가 머리가 나쁘다면 그 책임이 반쯤은 부모님에게도 있는 것이다. 중학교와 고등학교에서도 내 성적은 특별히 나아지지 않았다. 아버지는 술만 드시면 내 성적을 가지고 잔소리를 하셨다.

"이 자식아, 4년제 대학은 나와야 할 것 아니냐? 쓸데없는 짓 하지 말고 공부 좀 해라. 공부!"

반복되는 아버지의 잔소리를 들을 때면 사는 것이 지옥같이 느껴졌다. 나도 내 미래가 걱정되는 것은 사실이다. 하지만 본래부터 공부를 잘 한 적도 없고, 공부에 취미도 없는 내가 4년제 대학에 들어간다는 것은 낙타가 바늘구멍 들어가는 것이나 마찬가지였다. 그렇다고 지방대학교에 갈 수 있을까? 하위권에서 정상의 자리를 놓고 경쟁하는 내 실력으로는 어림없는 일이다.

한번은 이런 생각을 한 적이 있다. 교과서를 모조리 만화로 만들어 놓으면 얼마나 좋을까? 하지만 나 같은 놈들이 너도 나도 공부한다고 달려들 것이니 경쟁이 더 치열해질지도 모를 일이다. 현실적으로 교과서를 만화책으로 만들 리 없으니 나는 애초부터 공부로는 글러 먹은 것이다. 하지만 내 생각과는 달리 아버지는 고등학교에 입학하던 날에도 희망의 끈을 놓지 않으셨다.

"3년이면 충분해. 지금부터 정신 차리고 열심히 하면 문제없어."

입학식날 아버지는 이렇게 말씀하셨지만 나는 솔직히 자신이 없었다.

내가 사는 곳은 남자고등학교 셋, 남자중학교 둘, 여자고등학교와 여자중학교가 각 하나, 초등학교가 둘 있었다. 공업계 남자고등학교 하나와 공립고등학교를 빼곤 종교재단에서 운영하는 U중 · 고등학교였다. 뺑뺑이를 돌린 끝에 난 U고등학교로 배정되었다. 인문계로 간 것은 아버지가 4년제 대학교에 가야 한다고 고집했기 때문이다.

U고교는 아무런 문제가 없는 학교였다. 하지만 나에게

는 아니었다. U고교는 종교재단이 세운 학교였기 때문에 따분한 수업 이외에도 종교 교리를 배워야 했고 매주 수요일 아침에 예배당에 모여 예배를 해야 했다. 이것을 예배시간이라고 했는데 교회에서처럼 목사님의 설교를 듣고 찬송도 하는 시간이었다. 나는 이 시간에 제일 싫었다.

난 인생의 목표가 없었기 때문에 수업시간이라는 것 자체가 의미가 없었다. 넓게 보자면 수업이나 종교수업이나 무슨 차이가 있겠냐만 나에게 있어 수업과 종교수업은 하늘과 땅의 차이였다. 아마도 불교를 믿는 할머니의 영향 때문인지도 몰랐다. 어렸을 적부터 할머니를 따라 자유롭게 절에 다니던 버릇이 있어서인지 이상하게도 예배시간이 거북했다.

사실 나는 불교를 알지도 못한다. 내가 아는 것은 일 년에 한 번 정도 절에 간다는 것과 절에 가면 내 맘대로 구경하고 내 맘대로 시간을 보내다가 점심을 먹고 돌아온다는 것이다. 스님이 교리를 배우라고 하지도 않았고 노래를 따라 부르라고도 하지 않았다. 하지만 학교에서는 따분한 교리를 배워야 하고, 찬양을 부르고 기도를 해야 했다.

종교를 믿지 않는 사람에게 종교 교육은 먹기 싫은 음식을 억지로 먹으라는 것과 같다. 먹고 싶은 것을 먹는 것과 먹기 싫은 것을 먹는 것은 하늘과 땅 차이다. 물론 종교를 믿는 사람에게는 더할 수 없이 즐거운 시간이겠지만 말이다. 난 아무런 간섭도 받지 않고 나만의 시간을 가지고 싶었다. 다만 나는 자유롭고 싶었다.

성가대나 봉사대에 참석하는 아이들이 있었다. 대개 공부를 잘하는 아이들이 들어갔다. 종교점수가 있기 때문이다. 내신을 잘 받아 좋은 대학교에 가기 위해서는 어쩔 수 없다는 것이다. 하지만 나는 그런 것이 필요 없었다. 점수도 의미가 없었다. 그런데 어째서 종교수업에 참석해야 하는 것인가. 나는 졸업할 때까지 이렇게 살아야 한다는 것이 싫었다. 물론 이 모든 불평은 내 마음속에만 존재했다. 내가 무슨 수로 학교를 그만둔단 말인가? 싫어도 꾸역꾸역 참고 다니다가 졸업하는 수밖에 도리가 없었다. 하지만 예배시간에 일어난 일생일대의 사건 하나가 내 인생을 바꾸었다.

수요일 아침, 전교생이 모이는 예배시간이었다. 예배가 시작되면 한 가지 행사가 반드시 있었다. 전교생을 대표하여 한 사람이 단상에서 찬양문을 읽는 것이다. 찬양문을 읽는 학생은 상점을 받았는데 대개 반에서 1·2등을 다투는 우등생들의 몫이었다. 그날은 우리 반이 찬양문을 낭독하는 날이었다. 찬양문을 낭독하는 녀석은 박찬성. 우리 반의 1등, 우등생이었다. 내 불운은 그 녀석이 옆자리에 앉았다는 것이다.

목사님의 설교가 끝날 무렵이었다. 찬양문을 낭독할 찬성이가 얼굴을 찡그리며 내 팔을 잡았다.

"팔봉아, 부탁 좀 하자."

"무슨 부탁?"

"나 대신 찬양 좀 해라."

"내가? 나 못해."

녀석이 나를 노려보며 말했다.

"나 지금 똥이 급하거든. 설사 난 것 같아. 네가 나 대신 찬양 좀 해줘. 어려울 것 없어. 찬양문을 읽기만 하면 돼."

녀석의 어투는 부탁하는 것처럼 들렸지만 사실은 위협이다. 찬성이는 초등학교부터 고등학교까지 같은 학교에 다니면서 끈질기게 나를 괴롭혀 온 악당이다. 녀석은 키도 크고 얼굴도 잘 생겼으며 공부까지 잘하는 잘난 놈이었다.

녀석은 약자를 괴롭히길 좋아했다. 난 키도 작고 공부도 못해서 초등학교 때부터 괴롭힘을 당해 왔다. 초등학교 때

봉봉이, 육봉이라고 놀리던 녀석이 찬성이다. 나뿐만 아니라 수많은 아이들이 녀석에게 괴롭힘을 당했다. 그럼에도 불구하고 선생님들과 어른들은 녀석이 공부를 잘하고 얼굴이 잘났다는 이유로 인성이 바른 줄로만 알았다. 웃기는 것은 녀석의 꿈이 검사라는 것이다. 약자를 보호하고 정의를 위해 살아야 하는 검사와는 거리가 멀어도 한참 먼 녀석인데 말이다.

찬성이는 주머니에서 흰 봉투를 꺼내서 나에게 주었다.

"팔봉아, 부탁하자."

밑도 끝도 없이 봉투를 건넨 찬성이는 통로에 서 있는 담임선생님께 몇 마디를 하더니 의자로 돌아와 아픈 사람처럼 배를 잡고 몸을 구부렸다. 정말로 배가 많이 아픈 것 같았다. 잠시 후, 목사님의 설교가 끝났다.

"학생 찬양, 오늘은 누구죠?"

단상 위에 서 있던 목사님의 물음에 담임선생님이 나를 바라보며 손가락을 까닥했다.

"팔봉아, 어서 나와라."

나는 좌우를 둘러보았지만 친구들은 약속이나 한 것처럼 등을 돌렸다. 모두들 나보다 센 녀석이어서 내가 시킨

다고 할 인간들이 아니다. 하긴, 나도 하기 싫은데 자긴들
하고 싶겠는가?

"팔봉이, 어서 나와."

담임선생님의 얼굴이 더위 먹은 홍시처럼 변했다. 당장
나오지 않으면 가만두지 않겠다는 의지가 얼굴에 가득했
다. 찬성이는 옆에서 배가 몹시 아픈 듯 의자에 고개를 박
고 끙끙거렸다. 나는 어쩔 수 없이 자리에서 일어났다. 의
자를 벗어나니 담임선생님이 애써 태연하게 내 어깨를 두
드렸다.

"찬성이가 아프다니 어쩌겠니? 팔봉아, 눈 딱 감고 단상
에 올라가 쓰인 대로 읽어라. 성공하면 믿음점수 만점 줄
게. 알았지?"

나는 내키지 않았지만 무거운 발걸음으로 단상으로 올
라갔다. 물 먹은 솜처럼 몸이 무거웠다. 팔과 다리에 10Kg
아령이 매달린 것만 같았다.

"어서 오너라."

목사님은 사랑과 자비로 충만한 미소를 지으며 두 팔을
활짝 벌려 단상을 비켜 주셨다.

"성령과 자비가 충만하기를……."

목사님은 성호를 긋더니 단상 뒤편에 마련된 의자에 앉았다. 두 손을 단정하게 포개고 얼굴에는 만족스런 미소를 지으면서 말이다. 목사님은 아름다운 찬양문을 감상할 모든 준비를 끝마쳤다는 듯 나를 보고 고개를 끄덕였다.

심청이가 임당수에 빠지는 기분이 이런 것일까? 단상에 서서 고개를 드니 학생들이 잘 훈련된 군인처럼 줄과 열을 지어 나를 바라보고 있었다. 아니, 나를 올려다보고 있었다. 나는 얼굴이 화끈거리고 쥐구멍이라도 들어가고만 싶었다. 이렇게 많은 사람들 앞에서 어떻게 발표를 한단 말인가. 소리가 목구멍 밖으로 나오면 다행이라고 생각했다.

예배당 안은 쥐죽은 듯 고요했고 형형색색의 유리를 붙여놓은 창문으로 찬란한 빛이 쏟아지고 있었다. 마치 시간이 정지한 것만 같았다. 그 정적을 깨트린 것은 예배당 가운데에서 불쑥 일어난 담임선생님이었다. 얼굴이 붉으락푸르락해진 선생님은 찬송문을 어서 읽으라고 몸으로 신호를 보냈다.

'그래, 읽자. 읽기만 하면 되잖아.'

나는 굳게 마음먹고 찬성이에게 받은 편지봉투를 열어 종이를 천천히 펼쳤다. 순간, 숨이 턱 하고 막혀 왔다.

메롱

마른하늘에 날벼락도 유분수지. 내가 속으로 얼마나 욕을 했는지는 알아서 상상하기 바란다. 눈앞이 빙글빙글 돌았다. 머리가 텅 비어 버린 것처럼 아무런 생각이 나지 않았다.

아무것도 모르는 학생들이 근심 없는 얼굴로 나를 올려보고 있었다. 고개를 돌려보니 뒤편에 앉은 목사님은 어떤 찬양을 할 것인지 궁금한 듯 고개를 갸웃거리며 미소를 지어 보였다. 나는 다시 고개를 돌려 학생들을 바라보았다. 예배당 안은 아무도 없는 것처럼 무거운 정적이 내려앉아 있었다.

나는 종이를 다시 내려다보았다. 그림 속의 녀석이 혀를 삐쭉 내밀고는 나를 놀리고 있었다. 고개를 들어 찬성이를

23

바라보았다. 배가 아픈 듯이 앉아 있어야 할 찬성이가 그림처럼 혀를 날름 내밀며 웃고 있었다. 옆에 앉아 있던 녀석들도 한통속이 되어 나를 놀리고 있었다.

나는 예배당 한가운데에서 악의 무리에게 완전히 농락당하고 말았다. 담임선생님은 내 사정도 모르고 손짓을 하셨다. 붕어처럼 벙긋거리는 입술이 '뭐해? 빨리 읽어.'를 반복하고 있었다.

찬성이는 턱을 괴고 나를 바라보았다. 내가 어떻게 행동할지 궁금한 모양이었다. 찬성이 같이 잘난 인간은 왜 태어난 것인가? 어째서 나같이 못난 인간은 찬성이 같은 놈에게 괴롭힘을 당해야만 하는 것인가. 남은 고등학교 생활을 생각하니 눈앞이 깜깜했다.

학생들은 내 속도 모르고 예배당 의자에 옹기종기 앉아서 나를 올려다보았다. 하품을 하는 선배들의 모습도 눈에 들어왔다. 이들은 나처럼 종교시간이 의미 없는 사람들이다. 목사님의 말씀에도 관심이 없고 시간이 가기만을 기다리는 사람들이다. 초롱초롱한 눈빛으로 나를 바라보는 선배들도 있었다. 내가 뭔가 대단한 찬양문을 써 놓은 것이라고 생각하는 것일까?

그 순간, 나는 정말 내가 싫었다. 난 공부를 못하는 한심한 학생이고, 힘이 없어서 강자에게 당하기만 하는 불쌍한 약자이다. 나 같은 사람이 앞으로 무슨 일을 할 수 있을까? 생각할수록 내 인생이 한심하고 자신이 부끄러웠다. 나는 도망가고 싶었다. 이 한심한 현실에서 벗어나고 싶었다. 하지만 어떻게 이 굴레를 벗어날 수 있단 말인가. 앞이 보이지 않았다. 사형장으로 가기 전 안중근 의사의 심정이 이러했을까? 나는 모든 것을 포기하기로 마음먹었다. 그러자 마음이 도리어 편안해졌다.

나는 찬성이가 준 종이를 꾸깃꾸깃 구겨서 주머니 속에 넣었다. 그리곤 고개를 들어 순국 직전의 안중근 의사처럼 천천히 예배당을 둘러보았다. 그리고 이 학교가 생겨나면서 이곳 예배당에서 쉼 없이 되풀이되었던 비슷비슷한 찬양문이 아닌 내 마음속의 이야기를 하리라 마음먹었다.

나는 단상 위에 두 손을 모으고 눈을 감았다. 그리곤 내 마음속의 이야기를 숨김없이 털어놓았다.

"하나님, 하나님이 있다면 제 말 좀 들어주십시오. 하나님은 종교를 왜 만드셨습니까? 하나님의 종교가 저를 얼마나 피곤하게 하는지 아십니까? 저 뿐만 아닙니다. 하나님,

공부하느라 지친 학생들의 누렇게 뜬 얼굴을 좀 보십시오. 내신 점수 따려고 믿지도 않는 종교를 믿는 척하며, 눈을 감고 손을 모아 거짓으로 찬송가를 부르며 기도를 하는 것이 하나님이 바라는 것입니까? 왜 자꾸 믿으라고 하십니까? 이런 거 안 하면 안 됩니까? 하시고 싶다면 하나님을 믿는 사람만 골라서 믿으라고 하세요. 저같이 하나님을 믿지 않는 사람에게는 예배시간을 없애주세요. 그리고 학생들에게 이런 발표시키지 마세요. 꼭 해야 한다면 하고 싶은 사람에게 기회를 주세요. 이거 원래 제가 할 것도 아니에요. 우리 반 찬성이가 해야 하는데 제가 멍청하게 속아서 나오게 된 거예요. 처음부터 찬양문을 준비하지도 않았으니 저한테 좋은 소리는 들을 수 없을 겁니다. 전 종교를 믿지 않아서 할 말도 없고요, 이런 일은 저에게는 시간낭비예요. 하나님, 저는 죽어서 천당보다 살아서 천당이 좋습니다. 제발 이 지옥 같은 시간을 없애주세요. 그리고 저를 괴롭히는 잘난 놈들도 사라지게 해주세요. 하나님, 하나님이 정말로 계신다면 제 기도를 들어주십시오. 아멘."

마음을 다하여 하나님에게 기도를 드린 후 천천히 눈을 떴을 때, 예배당은 아수라장이 되어 있었다. 쥐죽은 듯 고요하던 예배당은 웃음바다로 변해 있었다. 학생들은 손뼉을 치고 의자를 두드리면서 웃어댔고 선생님들은 불편한 기색을 감추지 못하고 목사님의 눈치를 살폈다. 목사님은 재단 이사장이기 때문에 교장선생님도 눈치를 보는 실세였다.

묵묵하게 앉아 있던 목사님이 천천히 의자에서 몸을 일으켰다. 웃음기가 사라진 목사님의 얼굴이 붉으락푸르락했다. 하지만 아무렇지도 않은 듯 애써 미소를 지으며 나에게 다가왔다.

"오랜만에 들어보는 진정한 기도였어요. 마음에서 우러나오는 진짜 기도! 아주 좋았어요."

목사님이 내 어깨를 가볍게 토닥거리다가 내 귀에,

"하나님께서 네 소원을 들어주실 게다."

하고 소곤거리더니 예배당을 빠져 나가셨다.

"이, 이사장님. 이사장님!"

당황한 교장선생님과 교감선생님은 목사님의 뒤를 강아지처럼 따라가셨고 담임선생님과 찬성이는 웃는 학생들 사이에서 멍한 얼굴로 나를 바라보았다.

예배당찬양사건은 U고등학교가 생긴 이래로 처음 있는 사건이었다. 이 일로 나는 U고등학교의 스타가 되었다. 동시에 나에게 새로운 별명이 생겼다. 꼴통과 순교자. 전자는 선생님들이 붙여준 것이고, 후자는 학생들이 붙여준 것이다. 물론 나는 순교자라는 별명을 자랑스럽게 생각한다. 순교자란 몸을 내던져 숭고한 일을 한 사람을 뜻하는 것이니까. 나는 그렇게 숭고한 일을 했다고 생각하지는 않지만 학생들이 그렇게 생각한다면 약간은 숭고한 일을 한 것인지도 모른다. 사건은 그렇게 일단락 된 것이 아니었다. 예배당 사건이 일어난 지 일주일 후, 하나님은 내 기도를 들어주셨다.

나는 아버지로부터 A시의 K고교로 전학을 가게 됐다는 말을 들었다. 이것이 꿈인가 생시인가? 나는 내색하지 않았지만 정말로 뛸 듯이 기뻤다. 진짜다. 하지만 아버지는 별것도 아닌 사건으로 전학까지 가야 한다고 불만이 많았다. 더구나 우리 도시에 있는 인문계고등학교가 아닌 다른 도시로 전학을 가야 하는 것에 대해서 불평을 늘어놓으셨다.

아버지는 하나뿐인 다른 인문계고등학교가 나를 받을 수가 없다고 난색을 표했다고 하셨다. 별의별 핑계를 대다가 문제라는 소리까지 들었다고 하셨다. 결국 U고교에서 문제를 일으킨 문제아여서 받아줄 수 없다는 것이었다.

문제아라니… 신성한 예배당에서 내 마음속의 진심을 말했을 뿐인데 문제아라는 오명을 써야 한다는 것이 불만이었지만 어쨌거나 나는 목사님께 감사했다.

내 생각에는 아마도 목사님의 뜻이 반영된 것 같았다. 재단이사장님의 막강한 입김이 나를 다른 지역 학교로 보낸 것이 분명했다. 나는 학교예배를 하지 않아서 좋았고, 무엇보다 찬성이 같이 오랫동안 나를 괴롭혔던 사악한 무리들과 영영 이별한다는 것이 좋아서 전학 가는 것이 오히려 즐거웠다. 목사님의 말마따나 하나님이 소원을 들어주신 것이다.

A시는 내가 사는 동네에서 기차를 타고 1시간 떨어진 곳에 위치하고 있었다. A시는 소규모 도시였지만 유난히 학교가 많았다. 이곳은 초등학교가 8개, 중학교가 5개, 고등학교가 12개나 되었다. 이밖에도 2년제 전문대와 4년제 대학교를 합하여 4개나 있었으니, 학생들의 도시라 해도 과언이 아니었다.

A시 인근에 있는 도시와 시골마을에서 이곳 중학교와 고등학교에 학생들을 보내니 자취와 하숙을 하는 학생들로 도시는 활기가 넘쳤다. 등교시간과 하교시간에는 학생

들로 거리가 넘쳐 났고, 자연스럽게 시장이나 영화관도 많았다. 영화관도 없는 조그만 동네에 살던 나로서는 새로운 세상이 열린 것이다. 부모님은 A시까지 통학은 불가능하다 생각하셨는지 부랴부랴 학교에서 멀지 않은 곳에 자취방 하나를 구하셨다.

이 도시는 학생들이 많아서 집집마다 하숙이나 자취생을 받아 수입을 올리고 있었다. 내가 밥을 못해 먹을까 봐 부모님은 걱정하셨지만 전기밥솥이 있으니 문제될 게 없다. 마른반찬도 있고, 김치도 있는데 굶어죽기야 하겠는가? 무엇보다 생활비하라고 주신 두둑한 용돈 덕에 나는 걱정이 없었다. 배고프면 내가 좋아하는 라면으로 끼니를 때우면 되는데 무엇이 문제인가?

부모님이 집으로 돌아가신 후, 자취방에 누워 혼자만의 시간을 누렸다. 갑갑한 집에서 벗어났다는 해방감, 내 맘대로 살 수 있다는 자유로움이 내 기분을 들뜨게 했다. 나는 자유인이다. 자유란 좋은 것이다.

웰컴 투 더 정글

    내가 전학 간 K고교는 고교평준화 덕을 톡톡하게 본 학교라고 할 수 있었다. 전통의 명문고였던 A고교와 A농고는 고교평준화 덕에 힘을 쓰지 못했다. 머리 좋은 아이들이 골고루 배정되었기 때문이었다. 고등학교 평가는 대학진학률에 좌우되었다. 학교의 전통이 얼마 되지 않은 K고교는 고교평준화에 힘입어 명문대학에 여러 명을 합격시키는 쾌거를 올리며 단숨에 지역에서 이름을 떨쳤다.

    A시의 몇몇 고등학교가 1980년대에 시작된 고교평준화 덕을 보았다. 하지만 그렇지 못한 학교도 있었다. 대학진학률이 낮은 Y고교나 J고교에 추첨이 된 친구들은 운이 나

빴다며 스스로를 위로하며 다녀야 했다.

K고교의 가장 큰 장점은 등교와 퇴교가 즐겁다는 데 있었다. 학교 다니는 것이 즐겁다니, 이 무슨 귀신 씨 나락 까먹는 소리냐 생각할 수도 있다. 하지만 K고교는 지정학상 K여자상업고등학교와 S여고 사이에 샌드위치처럼 위치해 있었다. 자연히 수많은 여학생들과 등하굣길을 할 수 있었다. 버스를 타거나 도보를 하거나 자전거를 타거나 무얼 하더라도 여학생들과 함께 어울릴 수 있었다.

요즘처럼 남녀공학이 없었고, 무엇보다 봄의 새싹처럼 왕성한 청춘의 힘이 가득한 우리들에게는 아름다운 이성과의 로맨스는 로망이었다. 우리는 그네 타는 춘향이를 호시탐탐 넘보는 혈기 넘치는 이도령과 방자라고 할 수 있었다.

장점이 있다면 단점도 있는 법이다. 여학교에 둘러싸인 장점을 가진 우리학교의 단점은 산 중턱에 위치하고 있다는 것이다. 산 중턱을 깎아 학교를 지은 까닭에 가파른 언덕을 걸어 올라가야 했다. 큰 도로에서 대략 500미터 정도이고 정문입구에서는 200미터 정도 되었다. 어릴 적부터 걷는 것에 단련된 우리가 그까짓 언덕을 걸어 올라가는 것이 뭐가 어렵겠냐마는 지각을 했을 경우, 우리가 당해야 하는 체벌은 상상을 초월했다.

대개 학교 입구에는 우락부락한 선도부 선배와 학생주임이 장승처럼 지키고 있었다. 교복자율화였지만 복장이나 두발 불량은 학생주임과 선도부 선배의 마음에 따라 체벌을 받는 것이 일상이었다. 이 학교도 보기에는 그와 다를 바 없었지만 한 가지 다른 것이 있었다. 지각을 하는 경우에 받는 처벌이었다. 단 일분이라도 지각을 하는 경우 오리걸음으로 100미터에 달하는 가파른 언덕을 오르락내리락하는 처벌을 받았다. 그게 죽을 맛이었다. 숨은 턱까지 차오르고, 땀은 삐질삐질 등줄기를 타고 내린다. 허리가 끊어질 것 같고 허벅지가 터질 것 같지만 꾀를 피우다간 학생주임의 몽둥이찜질을 면치 못한다.

아침부터 곡소리가 나게 고생한다고 해서 우리들은 학교 입구 언덕길을 뺑이고개라고 불렀다. 이런 처벌을 피하려고 뒷산으로 통하는 등산로로 다니거나 담을 넘는 아이들도 있었지만 학생주임에게 걸리는 경우 가중처벌을 당했기 때문에 살 떨리는 모험을 하는 아이들은 극소수에 불과했다.

학생주임의 호루라기에 맞추어 뻥이고개를 서너 번 왕복하고 나면 내 다리가 내 다리가 아니었다. 앞으로는 지각하지 말라는 학생주임의 효시를 듣는 것이 끝이 아니다. 터질 듯한 허벅지로 운동장을 지나면 지옥계단이 기다리고 있었다. 후들거리는 다리로 계단을 올라가는 것이 마지막 고역이었다. 그럴 때면 아이들은 창문을 내다보며 남의 불행을 제 행복처럼 기뻐했다.

뻥이고개 체벌 덕분에 나는 한 시간 일찍 일어나 등교를 준비해야만 했다. 매일매일 여학생들을 보는 것은 좋았지만 이렇게 2년을 더 다녀야 한다고 생각하니 눈앞이 캄캄했다.

첫날은 지각하지 않았으므로 모든 것이 좋았다. 나는 내 일생에서 제일 많은 여학생들을 볼 수 있었다. 매일 여학생들과 함께 등교할 수 있다는 것이 행복했고, 나의 꿈은 이루어진 것이나 다름없었다. 뻥이고개의 진실을 알기 전까지 말이다. 그렇게 행복한 기분을 안고 K고교 교무실에 들어가자 교무회의가 한창이었다. 회의를 주제하던 교무주임선생님이 다짜고짜 나를 보고 말했다.

"넌 뭐야?"

교무실 안에 있는 모든 선생님들의 시선이 나에게 쏠렸다.

"저, 전학생입니다."

"전학생? 아! 너 U고등학교에서 온 김팔봉이지. 예배당에서 사고 친 그놈. 맞지?"

"네……."

나는 기어들어가는 목소리로 대답했다. 교감선생님이 싱글벙글 웃으며 나에게 다가오더니 선생님들에게 말했다.

"선생님들, 우리학교에 명물이 하나 왔습니다. 저놈이 얼마나 웃긴 놈이냐면 U고교 전체 예배 때 단상에 올라가서 하나님께 구구절절 예배가 싫다고, 종교의 자유를 달라고 기도를 드린 놈이에요. U고교가 생긴 이래로 처음 있는 일이었다고 하더군요. 그래서 U고교 선생님들은 이 녀석을 꼴통이라고 부르고 아이들은 순교자라고 부른답니다."

곳곳에서 웃음소리가 터져 나왔다.

가까이 앉아 있던 나이 지긋한 선생님이 물었다.

"자기 주관이 분명하네. 너, 불교 믿냐?"

"아, 아닙니다."

"나중에 운동권 되는 거 아냐?"

"우, 운동권이 뭔데요?"

"운동권 몰라?"

"운동을 잘하는 건가요? 전 운동은 잘 못하는데요."

교감선생님이 끼어들었다.

"공부는 하위권입니다, 바닥이지요. 운동권 될 일은 없을 것 같습니다."

몇몇 선생님이 킥킥거리며 웃으셨다. 난, 얼굴이 시뻘게졌다.

'도대체 운동권이 뭐길래 사람을 바보 취급하는 거지?'

갑자기 교감선생님이 눈을 부라리며 훈계하듯 말씀하셨다.

"김팔봉, 여기서 사고 치면 안 돼. 학생이면 학생답게 선생님 말 잘 듣고 공부 열심히 하다가 조용히 졸업하는 거야. 알았어?"

"네."

난 주눅이 들어서 힘없이 대답했다.

"넌 2학년 7반이야. 7반 담임선생님?"

교무실 왼편에서 선생님 한 분이 손을 드셨다. 선생님께서 나에게 손짓을 하셨다. 뿔테안경을 끼고 서글서글하게 생긴 남자선생님이셨다. 내가 다가가니 옆에 앉으라는 시

늉을 하셨다. 내가 엉거주춤 빈 의자에 앉았을 때, 선생님
께서 미소를 지으며 말씀하셨다.

"웰컴 투 더 정글(Welcome to the jungle)!"

'뭐라는 거야?'

처음에 난 선생님이 무슨 말을 하는지 알지 못했다. 하
지만 내가 선생님의 말씀을 이해하게 된 것은 30대 중반쯤
이었던 것 같다.

인생은 정글이다. 하지만 사회생활이 시작되기 전부터
우리들의 정글은 시작되고 있었다. 엄밀히 말하자면 아이
들과 어울려 사회성을 배우게 되는 학교에서부터 우리들
의 정글은 시작되는 것이다. 학기 초가 되면 내색은 하지
않지만 서로가 서로의 눈치를 살피며 서열을 가늠하게 된
다. 싸움이 일어나는 경우가 대개 학기 초반 무렵인데 이
시기에 학생들 간의 힘의 서열이 정해진다. 이것은 인간이
인간 이전에 사회성을 가진 동물이기에 일어나는 필연인
지도 모른다.

우리는 학교에서 무의식적으로 동물사회의 서열을 배웠
다. 흔히 먹이관계라고 해서 초식동물이 육식동물에게 먹
히는 피라미드 사슬이다.

정글처럼 고등학교에서도 먹이사슬이 존재한다. 초등학교, 중학교와 마찬가지로 고등학교 역시 약육강식이 존재한다. 학년이 올라갈수록 약육강식의 강도는 점점 세진다. 질풍노도의 시기에 천둥벌거숭이 같은 고교생들은 차라리 원숭이들에 가깝다. 사회적 관계가 아니라 오로지 힘에 의해 본능적으로 서열을 정하게 되는 것이다.

고등학교의 먹이사슬 피라미드는 크게 3단계로 나눠진다. 학교 피라미드의 제일 밑바닥은 초식동물이다. 정글에서의 초식동물은 약하지만 머리까지 나쁜 것은 아니다. 하지만 학교피라미드에서의 초식동물은 힘도 없고 머리까지 나쁜 족속들이다. 숫자가 가장 많으며 몇 안 되는 육식동물들의 좋은 먹잇감이다. 이들을 좋게 말하면 싸움을 싫어하는 평화주의자이며, 정의를 숭상하지만 악과 직접적으로 대항하기 싫고 대적할 만한 힘과 자신감까지 결여되어 있어서 항상 당하기만 하는 어리석고도 평범하며 나약한 족속들이다. 나쁘게 말하면 말 잘 듣는 바보 같은 노예들이다.

초식동물에 속하는 학생들은 정글 속에서 육식동물을 피해 가며 하루하루 살아가야 한다. 자연속의 초식동물과 마찬가지로 대다수의 학생들이 3단계에 속한다고 보면 될 것이다. 중간단계를 설명하기 전에 윗부분부터 기술하는 것이 분류가 편할 것 같다. 피라미드의 제일 윗부분은 말할 것도 없이 육식동물이다. 이들은 교실 제일 뒤편에 위치하고 있어서 찾기도 쉽다. 이르면 초등학교, 늦어도 중학교 때부터 악명을 날리던 놈들이다. 이들은 일진 형님들이 뒤를 봐주고 있기 때문에 함부로 건드리지 못한다.

돈이 없거나 배가 고프면 삥을 뜯어서 연명하는데 우리 같은 초식동물들이 약탈 대상이다. 하지만 이들은 먹이사슬의 피라미드 최상위층에 있는 사자나 호랑이 정도는 아니다. 사자나 호랑이는 남의 삥을 뜯는 짓은 하지 않으니 하이에나 정도라고 부르면 되겠다.

2단계는 1단계와 3단계의 가운데 있는 놈들인데, 한마디로 양아치들이다. 1단계의 심부름꾼이라 해도 좋을 듯하다. 하이에나의 위세를 업고 연약한 초식동물을 괴롭히는 앞잡이들이다. 따지고 보면 1단계보다 2단계 인간들이 더 악독하다. 일제시대에 국민들을 괴롭히던 사람들은 일본인보다 조선인 앞잡이들이다. 조선 사람으로서 자신의 이름을 버리고 일본의 이름을 쓰고, 더 일본인처럼 행세하며 동포를 괴롭히던 족속들.

우리 반에도 일진 앞잡이가 하나 있었다. 덕구라는 녀석이다. 그 녀석은 심심하면 아이들을 괴롭혔다. 덩치도 크고 힘도 좋았다. 아이들은 그놈의 완력에 눌리고, 그놈의 배후에 있는 일진들의 위세에 압도당해서 괴롭히는 대로 당하기 일쑤였다. 하지만 덕구는 심부름꾼에 불과했다. 일수 심부름을 하는 양아치처럼 아이들에게 돈을 빼앗아 일진에게 건네주는 일을 했다.

하루는 녀석이 옆 반의 채수혁과 시비가 붙었다. 채수혁은 피라미드 군에서 3단계 초식동물에 속하는 아이였는데 덩치가 크고 힘이 좋았다. 얼굴이 넙데데하고 순하게 생겨서 호남평야라는 별명이 있었다. 덕구와 비교해서 채수혁에게 없는 것은 배후를 봐 주는 일진들이었다. 덕구는 일진들을 믿고 채수혁을 괴롭혔고, 참고 참던 채수혁은 덕구를 향해 주먹을 날렸다. 두 녀석의 싸움은 채수혁의 압승으로 끝났다.

덕구는 거의 죽도록 맞았다. 수혁이는 평소에 얌전했지만 화가 나니 호랑이보다 무서웠다. 녀석은 초식동물 가운데에서도 황소과였다. 학년 전체를 통틀어 힘으로는 채수혁을 당할 수 없을 정도로 수혁이 녀석은 힘이 장사였다. 더구나 유도 2단이라는 사실이 뒤늦게 밝혀졌다. 녀석은 진정한 고수였던 것이다.

덕구의 뒤를 봐 주던 일진들은 채수혁에게 복수를 하지 않았다. 아니 복수를 할 수 없었다. 수혁이와 맞장을 뜰 용기도 없었을 뿐더러, 수혁이에게는 유도 도장의 힘깨나 쓰는 형님들이 배후에 있었기 때문이었다. 대개 일진 녀석들은 말로는 의리를 남발하지만 남을 이용해서 자신의 이득을 탐할 뿐, 의리라곤 한 터럭도 없는 양아치들이다.

1단계와 2단계의 녀석들은 영장류의 경우에서 보면 힘만 센 놈들이다. 일진 녀석들은 태생적으로 먹이사슬의 1단계에 위치하지만 사자가 되지 못하고 하이에나라고 불리는 이유가 있다. 그 녀석들은 하이에나처럼 만만한 먹잇감을 찾아다녔다. 하이에나가 병들고 죽어가는 동물들을 먹잇감으로 삼듯이 일진들도 만만하고 쉬운 먹잇감을 노리기 때문이다.

이봉석이라는 녀석이 있었다. 녀석은 키도 작고 힘도 약한 녀석이었다. 녀석은 친구들과도 잘 어울리지 못하고 하루 종일 책을 끼고 살았다. 밥도 혼자서 먹었고, 운동도 혼자서 했다. 녀석의 별명은 외계인이었다. 남들과 잘 어울리지 못해서 불린 별명이었다. 하지만 우리가 녀석을 왕따로 만든 것은 아니었다.

우린 촌놈이라서 왕따라는 것은 몰랐다. 단지 녀석은 누구보다 공부를 열심히 하는 소년이었다. 그 녀석은 고등학교 1학년인데 자기가 뭘 하고 싶은지를 알고 있었다. 녀석은 의사가 되고 싶다고 했다. 의사가 되려면 공부를 굉장히 잘해야 했다. 녀석은 1등을 놓쳐 본 적이 없었다. 지능이 대단히 높은 초식동물이었다.

학교 일진 중에 수철이라는 녀석이 봉석이를 괴롭혔다. 돈도 빼앗고 때리기도 했다. 봉석이를 너무 괴롭혀서 하루는 결석하는 일까지 있었다. 다음날, 수철이는 교무실에 불려가 죽도록 맞고 돌아왔다.

사건의 전모는 금방 밝혀졌다. 수철이에게 괴롭힘을 당한 봉석이는 참다못해 전학을 가고 싶다고 부모님께 말했다. 녀석의 말은 부모님을 통해 선생님의 귀에 들어왔다.

봉석이가 결석한 이유가 알려진 후, 교무실은 발칵 뒤집혔고 수철이는 처절한 응징을 당했다. 고교평준화시대에 명문대학교에 갈 수 있는 공부 잘하는 인재는 학교의 명예를 드높일 재목이었다. 그런 재목이 일진 나부랭이 때문에 전학을 갈 생각이라니 교무실이 뒤집힐 수밖에. 수철이는 교무실에 불려가 떡이 되도록 맞고 정학까지 당했다. 교장 선생님은 조회시간에 수철이의 일을 이야기하곤 다시 한 번 이런 일이 생길 시에는 가만두지 않겠다고 다짐까지 하셨다.

봉석이는 그 후로 누구에게도 괴롭힘을 당하지 않았다. 하지만 얼굴이 시커멓고 빼빼 말라 진짜 촌놈처럼 생긴 천수라는 녀석은 3년 동안 일진들의 괴롭힘을 당했다. 나는 그때 새로운 사실 하나를 알았다. 돈이 많은 집안의 아이들과 공부를 잘하는 아이들, 그리고 든든한 빽이 있는 아이들은 먹이사슬의 최상위에 있는 녀석들조차 건드리지 못하는 존재들이며, 진정한 먹이사슬의 최상단에 있는 것은 선생님이라는 사실을 말이다. 일진들이 하이에나라면 선생님들은 밀림의 왕, 사자였다. 사자에게 날카로운 이빨과 발톱이 있다면 선생님들에게는 몽둥이가 있었다.

학교는 체벌과 매가 일상화가 되어 있어서 학생들의 엉덩이와 종아리에 멍이 가실 날이 없었다. 거짓말 같겠지만 이건 정말이다.

1990년은 전두환 대통령의 뒤를 이어 노태우가 대통령을 하던 때다. 두 해 전인 1988년에는 올림픽이 서울에서 열렸다. 이 시기에 온 세계의 관심이 우리나라에 집중된 까닭이어서인지 다소 자유로운 문화가 흘렀다.

1983년 교복과 두발자율화가 실시되면서 우린 교복을 입지 않고, 자유롭게 개성을 뽐낼 수 있었고, 공부의 석차에 따라 학교로 가던 것이 석차 구분이 없이 뺑뺑이로 학교를 선택받았다. 보기에 많은 것이 바뀐 것 같았지만 실제 우리들의 생활에서 바뀐 것은 별로 없었다. 겉모습이 약간 바뀐 것 외에는 똑 같았다. 우리끼리 하는 말로 하루에 엉덩이를 맞지 않으면 엉덩이가 가렵다는 웃지 못할 농담을 태연스럽게 하던 시절이었다.

선생님들은 대개 정신봉으로 무장하고 수업에 들어오셨다. 선생님들에게 정신봉은 전가(傳家)의 보도(寶刀)나 마찬가지였다. 선생님의 성향에 따라 정신봉의 종류도 다양했다. 군대에서나 쓰는 쇠로 된 지휘봉, 당구장에서 가져온 큐대, 벼락을 맞아 귀신까지 쫓는다는 단단한 박달나무, 뽑아서 쓰는 라디오 안테나, 부러트린 밀대자루, 곡괭이자루, 삽자루, 플라스틱 파이프로 만든 정신봉까지 우리들의 학교생활은 몽둥이와 함께 했다고 해도 과언이 아니었다.

나는 폭력을 싫어한다. 새디스트가 아닌 이상 선생님에게 맞는 것을 좋아할 사람은 아무도 없다. 그렇지만 당시에는 선생님의 매가 반드시 나쁘다고 할 수는 없었다. 이상하게 들릴지는 모르지만 선생님의 매는 양날의 칼 같았다.

우리에게 두려움의 존재도 되었지만 사자의 어금니가 하이에나를 몰아내듯이 일진들로부터 초식동물들을 지켜주는 무기도 되었다.

선생님의 정신봉은 에베레스트산보다 높은 교권을 상징하는 물건이기도 했고 무시무시한 일진들로부터 우리를 지켜주는 방패이기도 했다. 아마도 그런 이유 때문에 우리는 선생님의 매를 기꺼이 맞으면서 학교생활을 한 것인지도 모른다. 여느 남자고등학교나 마찬가지였겠지만 K고교에서도 무시무시한 선생님들이 존재했다.

교련을 가르치던 이 선생님은 아이들 사이에서 '악당'으로 불렸다. 해병대 출신으로 눈매가 무서워 꼭 독수리처럼 보였다. 해병대 상사출신인 이 선생님은 우릴 쥐 잡듯이 했다. 일주일에 두 시간인 교련시간은 죽음의 시간이나 마찬가지였다. 교련시간이 되면 머리에 베레모를 쓰고 상하 검은 얼룩무늬 교련복을 입고 다리에는 각반을 차고 허리에 탄띠를 매야 했다. 교복자율화시대였지만 교련복만은 반드시 사야 했다.

우린 당장이라도 전쟁이 나면 동원될 수 있는 학도병처럼 플라스틱으로 만든 M-16 모형 소총을 들고 군사훈련을 받았다. 플라스틱 총이었지만 실제 총과 무게도 비슷했다. 따분한 교실 수업보다는 나았지만 학교에서 배우는 교련이라는 것은 군대에서 당하는 얼차려를 미리 경험하는 것이라고 이해하면 된다.

교련선생님의 호루라기를 따라 PT체조로 예열을 시작하다가 덜커덕 삐딱선을 타게 되면 선착순으로 축구골대를 왕복으로 오가고, 오리걸음과 낮은 포복 등의 체벌이 이어진다. 교련선생님은 선생님이라기보다 유격장 조교에 가깝다. 박수는 해병대의 물개박수를 쳐야 했다.

교련 수업의 대부분은 제식과 총검술이었다. 머리를 쓰기 좋아하는 녀석들이 몸을 쓰는 것을 좋아할 리 없었다. 물론 잔머리를 쓰는 녀석들도, 몸을 쓰길 좋아하는 녀석들도 교련을 좋아하지는 않았다. 학생인 우리가 왜 군사훈련을 받아야 하는 건지 도무지 이해할 수 없었다. 하지만 선배들도 받아 왔던 것이고 내신 성적을 위해서 교련점수가 필요했기 때문에 용뺴는 재주가 있다 하더라도 받지 않을 수 없었다.

제식은 한마디로 군인들이 일사분란하게 줄을 맞춰 걷는 일인데 쉬운 일이 아니었다. 제식 중에 발이 안 맞는 것은 그렇다치더라도 이동 중에 방향을 바꾸면 오합지졸이 되었다. 제식은 반 전체 아이들의 협동을 요구한다. 하지만 60명이나 되는 아이들이 똑같이 움직인다는 것은 어려운 일이다. 하지만 교련에서 점수를 받기 위해서는 제식을 완벽하게 해야만 했다. 그래서 선생님은 쉴 새 없이 제식 교육을 시켰다. 반 아이들 가운데 한두 명 정도는 고문관이 있어서 이놈들 때문에 우린 쉴 새 없이 얼차려를 받아야 했다. 교련시간은 체력단련이나 다를 바 없었다. 교련시간에 비하면 체육시간은 꿀이었다. 축구공 하나, 농구공 하나 던져놓으면 알아서 놀았으니까.

이 선생님은 지휘봉을 잡고 항상 이렇게 말씀하셨다.

"이놈들아, 미리 단련해 놔야 군대 가서 편한 법이다."

뭐, 그땐 하루 일과가 쥐어터지는 것이어서 오히려 악의 없는 체력단련이 도리어 편하다고 생각하곤 했다. 그런데 바로 그때 석기라는 녀석이 불쑥 입을 열었다.

"그렇게 좋으면 군대 말뚝 박으시지 그랬어요?"

이 선생님의 눈썹이 꿈틀거리더니 얼굴이 추악하게 일그러졌다.

"너, 방금 뭐라 그랬냐?"

석기의 얼굴이 새파랗게 변했다.

"마, 말뚝 박으라고……."

"이 새끼 봐라."

이 선생님의 입가에 미소가 피어났다. 그것은 악마가 품어 내는 사악하고 살벌한 미소였다. 악당이 냉랭한 미소를 흘리며 손목시계를 풀었다. 이 선생님이 악당으로 변신하는 순간이었다.

"이 새끼가 죽을라고?"

악당의 양 손바닥이 석기의 뺨을 향해 날아들었다. 스트리트파이터의 혼다가 날리는 손바닥 공격을 본 적이 있는가? 그것은 실로 폭풍 같은 불 따귀였다. 석기 녀석은 비오는 날 먼지가 나도록 악당에게 맞았다. 화가 풀리지 않은 악당은 수업이 끝날 때까지 석기에게 원산폭격을 시켰다. 가뜩이나 못생긴 석기의 얼굴은 그날 썩은 멍게처럼 되어 있었다. 우린 어서 빨리 시간이 흘러 악당의 손아귀에서 벗어나게 되길 수업시간마다 빌고 또 빌었다.

농업을 가르치던 선생님의 별명은 BA였다. 당시 A특공대라는 드라마가 인기였는데 거기에 나오는 BA와 캐릭터가 비슷했기 때문이다. 농업선생님은 책에 붉은 줄, 푸른 줄을 쭉쭉 그으며 항상 '밑줄 쫙'이라고 유행어를 만들었지만, 고릴라 같은 외모와 재미없는 수업 때문에 인기는 없었다. 하지만 제2외국어로 독일어를 배우는 것보다는 우리말로 된 농업을 배우는 것이 낫기 때문에 학년 대다수가 농업을 배웠다.

농업선생님은 고릴라처럼 힘이 셌다. 선생님은 아이들에게 레슬링 기술을 자주 걸었는데 코브라 트위스트에 걸리면 반쯤은 죽은 것이나 다름없었다. 애초에 농업선생님은 학교에 취직하지 말고 레슬링장으로 가야 했다.

수학선생님은 장삼봉이라는 별명으로 불렸다. 장삼봉은 무협소설에 자주 등장하는 인물로 무당파를 만든 도사다. 우리의 장삼봉은 손바닥으로 뒤통수를 잘 때린다고 불린 별명인데 우리들은 그것을 벼락혼몽장이라고 불렀다. 벼락혼몽장이라는 이름이 불린 것은 희수라는 녀석 때문이

다. 녀석이 장삼봉에게 뒤통수를 맞았을 때 꾸벅 인사를
하며 이렇게 말했다.

"안녕히 가세요."

희수의 부모님이 식당을 했기 때문에 자주 손님을 상대
했었는데 뒷통수를 맞은 순간 이곳이 학교라는 것을 잊어
버린 것이다. 장삼봉에게 뒤통수를 맞는 순간 눈앞이 번쩍
거리면서 정신이 아득해지고 짧은 순간 정신이 안드로메
다로 날아갔다가 돌아오기 때문이다. 벼락혼몽장의 제물
은 날짜와 밀접한 관계가 있었다. 가령 오늘이 5일이라면
수학시간에 문제를 푸는 이들은 5번, 15번, 25번, 35번, 45
번으로 정해졌다. 수학시간이 되면 어김없이 그 번호들이
불렸고, 문제를 풀지 못하는 아이들은 벼락혼몽장을 맞아
야 했다. 우리는 눈알이 빠질까 봐 손바닥으로 눈을 가리
고 맞았다. 공포와 혼돈의 수학시간이었다.

매초풍이라는 별명이 있는 지리선생님도 있었다. 시집
못간 노처녀 여자 선생님이었는데 꼬집기의 달인이었다.
우리는 노처녀 히스테리 때문이라고 생각했는데 그녀의
꼬집기를 구음백골조라고 불렀다.

당시에는 무서운 절기를 가진 선생님들이 참 많았다. 이

들의 실력은 대부분 수업시간에 발휘되었고 학생들은 선생님들의 무서운 살수를 피하기 위해 공부를 해야만 했다. 하지만 진정한 고수의 절기는 시험이 끝이 난 후에 맛볼 수 있었다.

학기당 두 번씩 찾아오는 중간고사와 기말고사 시험의 끝에는 어김없이 타작소리가 교실과 복도를 가득 메웠다. 타작의 기본 점수는 80점이었다. 80점 커트라인에서 한 문제에 한 대씩 맞는 것이 정석이었다. 80점 밑으로 1점에 한 대씩 때리는 선생님도 있었다. 고요하게 잠자고 있던 선생님의 정신봉들이 일제히 우리들의 엉덩이 위에서 춤을 추었고, 우리들은 몽둥이세례에 꿈틀거리는 한 마리 낙지 신세가 되었다.

매를 맞는다는 것은 두려운 일이었지만 혼자 맞는 것이 아니어서 그나마 위안이 되었다. 이럴 땐 매에서 해방된 공부 잘하는 친구들이 부러웠지만 공부에 관심이 없거나 공부머리가 딸리는 우리들은 죄 없이 죄 값을 치러야 했다. 공부 못하는 것이 죄가 되는 세상이었다.

매가 일상이 되다 보니 매를 맞을 땐 저마다 약간의 꼼수를 부리기도 했다. 엉덩이에 파스를 덕지덕지 붙인다던가, 신발 밑창을 댄다던가, 마른오징어를 붙인다던가 하는 꼼수 말이다. 몇 대 안되면 꼼수를 쓸 일도 없지만, 맞는 숫자가 많아지면 살기 위해 꼼수를 썼다. 선생님들은 알면서도 눈감아 주는 편이 많았다.

선생님의 눈을 의식해서 정정당당하게 맞는 애들도 있었는데 내가 보기엔 멍청한 녀석들이었다. 네 번의 정규 타작 이외에도 비정규 타작이 있다. 화장실에서 담배 피우는 것을 현장에서 걸렸다거나, 짤짤이를 하다가 걸렸을 때가 그렇다.

우스운 변명일지도 모르겠지만 학교에서의 흡연은 선생님들에 대한 소심한 반항의 표현이기도 했다. 청개구리 삼신이 들린 것도 아닌데, 선생님들이 하지 말라는 일은 왠지 하고 싶은 마음이 들 때가 있다. 화장실은 3학년 선배들이 독차지하고 있기 때문에 1, 2학년은 숲속이나 변두리에서 숨어 피워야 한다. 그러다가 선배나 선생님들에게 걸리면 처절한 응징을 받게 되는 것이다. 담배를 피우지 않는 아이들이 즐겨하는 것이 짤짤이다.

50분 수업 후 10분 휴식시간. 10분의 휴식 시간에 우리들은 즐겨 짤짤이를 하였다. 10분 휴식시간은 숨 막히는 듯한 수업시간에서 해방되는 짤막한 자유의 시간이다. 이 짧은 시간을 공생이처럼 책이나 보며 보낼 수는 없지 않은 가. 우리는 담뱃값이나 구내식당에서 500원하는 우동값을 벌기 위해 짤짤이를 자주했다.

짤짤이도 두 종류가 있다. 세 개에 늘어놓고 돈을 거는 삼치기가 있고 홀짝이 있다. 세 명이 하면 삼치기가, 두 명이 하면 홀짝이 일반적이다.

이날도 우리 반에서는 용돈벌이로 짤짤이 멤버가 모였다. 우리 반의 유명한 짤짤이 멤버는 나, 촉새 봉석이, 떠벌이 용철이었다. 봉석이는 입이 싸다고 촉새라고 불렸고, 용철이는 말이 많다고 떠벌이라고 불렸다.

짤짤짤짤――

도박의 속성이 그런 거지만 일단 돈 놓고 돈 먹기가 시작되면 혼이 빠져서 헤어날 길이 없다. 공부하라면 정신이 혼미해지는데 어째서 이런 일을 할 때면 정신이 초롱처럼 맑아지는 것일까. 사람들이 도박을 끊지 못하는 것은 이유가 있는 것이다. 한번은 수업종이 친 줄도 모르고 짤짤이에 집중하다가 교실로 들어온 선생님의 눈에 딱 걸린 적이 있다. 하필이면 상대가 악명 높은 악당이었다.

"세 놈, 나와."

난 오늘 죽었구나 생각했다. 정말이다. 우리가 교탁 앞으로 불려나가자 물끄러미 우리들을 바라보던 악당 선생이 물었다.

"누가 먼저 짤짤이 하자 그랬어?"

우린 누가 먼저라고 할 것도 없이 눈치를 살폈다.

"누가 먼저 하자 그랬냐고 묻잖아?"

악당의 목소리가 높아졌다. 목소리에 짜증이 묻어나왔다. 전날 사모님과 싸운 것일까? 자식들이 말썽을 피운 것일까? 그도 아니면 곗돈을 떼인 것일까? 별의별 생각이 다 들었다. 교실 안은 폭풍전야의 분위기로 젖어들었다. 여기서 악당의 표적이 되면 반쯤은 죽은 것이나 다름없었다. 아이들은 내 속마음도 모르고 누가 악당의 제물이 될 것인지 흥미진진한 표정이었다.

나만 아니면 된다는 흉악한 심보, 남의 불행을 기뻐하는 사악한 녀석들, 물론 나 역시 반대의 상황이 되면 그럴 것이다. 촉새와 떠벌이는 모든 것을 포기한 듯 고개를 푹 숙이고 있었다.

"누가 먼저 하자 그랬냐고?"

악당이 버럭 소리를 질렀다. 나는 깜짝 놀라 번쩍 손을 들었다.

"제, 제가 하자고 그랬습니다."

촉새와 떠벌이가 고개를 들어 날 바라보았다. 두 녀석의 안도한 눈빛과 흉악한 악당의 눈이 대비되었다. 악당이 살기어린 두 눈을 가늘게 뜨고 물었다.

"네가 하자고 했단 말이지?"

내가 왜 그랬을까? 아득하게 후회가 되었지만 이미 엎질러진 물이었다. 난 떨리는 가슴을 진정시키며 담담하게 말했다.

"네. 제, 제가 하자고 그랬습니다."

그렇다. 그때 난 친구를 위해 이 한 몸 희생하리라, 순교자가 되리라, 운명을 받아들일 각오를 했다. 이렇게 내가 모든 것을 내려놓았을 때 악당이 미소를 지었다. 뱀꼬리같은 잔인하고 사악한 미소가 악당의 입가에 맴돌 때 두려움과 공포가 스멀스멀 등줄기를 타고 올라왔다.

'이제 죽음인가? 여기서 교실 뒤편까지 길이는 얼마나 될까?'

혼다의 손바닥 공격을 생각하고 있을 때 악당이 손가락

을 까닥거리며 말했다.

"김팔봉! 네 별명이 순교자라며?"

"네, 넷!"

"자식, 의리는 있네. 넌 들어가도 좋다."

악당의 날카로운 두 눈이 촉새와 떠벌이를 향했다.

"한 명씩 컴 온!"

두 녀석의 얼굴이 흑색이 되었다. 살고자 하면 죽고, 죽고자 하면 산다더니 뜻밖의 반전이었다. 난 단지 쥐꼬리만한 호승심에 모든 것을 뒤집어쓸 각오를 했을 뿐이었다. 덕분에 나는 매 맞는 것을 면했고, 남은 두 놈은 비 오는 날 먼지가 나도록 맞았다. 이것은 타작 시즌과 상관없이 터지는 날이므로 우리는 이것을 콩털이, 깨털이라고 불렀다. 1990년의 학교는 그 자체로 무시무시한 정글이었다.

초식동물로 사는 법

이미 짐작하고 있겠지만 나는 초식동물이다. 내가 K고교에 전학 갔을 무렵에는 서열화가 끝났기 때문에 평온한 학교생활을 할 수 있었다. 초식동물은 초식동물과 어울리는 법이다.

K고교에서 만난 내 짝꿍의 이름은 백대길이다. 할아버지가 태몽으로 용꿈을 꿨다는 이유로 대길이라는 이름을 가지게 되었다고 한다. 녀석은 키가 작고 호리호리해서 전형적인 초식동물에 속하지만 어딘지 모르게 음산하고 기괴한 분위기가 풍기는 녀석이었다. 녀석의 별명은 사시미(회칼)였다. 별명이 사시미가 된 것은 웃지 못할 이유가 있다.

대길이는 초식동물 가운데에서도 쥐나 토끼류에 속하는 녀석이었다. 육식동물들은 귀신같이 먹잇감을 알아낸다. 대길이는 일진들에게 만만한 먹잇감이었다. 녀석은 1학년 초부터 육식동물들에게 삥을 뜯겼다. 돈을 뜯어가는 녀석은 하이에나의 따까리 덕구였다. 일숫돈을 받아가듯 덕구는 매일매일 대길에게서 돈을 받아갔다. 하지만 그날은 대길에게 돈이 없었다.

"돈이 없다고? 장난하냐? 주머니를 털어서 나오면 10원에 한 대다."

덕구가 대길의 가방을 뒤집어 털기 시작했다. 대길의 가방에서 신문지로 둘둘 말아놓은 무언가가 바닥에 떨어졌다.

"이게 뭐냐?"

신문지를 풀자 시퍼렇게 날이 선 회칼이 나왔다. 덕구의 얼굴이 시퍼렇게 굳어졌다.

"아! 이거 말이지."

대길이가 시퍼렇게 날이 선 회칼을 들고 말없이 웃었다. 아이들은 그 당시의 광경을 이렇게 말했다. 회칼을 든 처키가 음침하게 웃고 있었다고.

"으허헉."

덕구는 놀라서 뒷걸음질을 치며 허둥대다가 도망치듯 교실 밖으로 사라졌다. 그 후부터 대길이는 돈을 빼앗기지 않았다. 아마도 대길이가 사고를 칠까 봐 겁이 났던 모양이었다. 사람을 무는 개는 짖지 않는다는 말처럼 신문이나 잡지를 보면 대개 조용한 놈들이 느닷없이 사고를 치는 법이다.

하지만 내가 아는 대길이는 그럴 배짱도 없는 놈이다. 대길이가 회칼을 가지고 다니게 된 것은 덕구에게 복수하려는 것이 아니라 오로지 한 여자 때문이었다. 횟집 사장의 딸에게 반한 대길이는 횟집 아르바이트를 시작했고, 횟집 사장님의 권유로 일식요리사 자격증을 따기 위해 회칼을 구입했던 것이다. 미래에 일식집을 하려면 회칼이 있어야 한다나 뭐라나. 녀석은 공부는 포기한지 오래였다. 꼴찌에서 전교 1, 2등을 다투는 녀석이니 책과는 담을 쌓았다고 보면 될 것이다.

학교에서 만난 또 다른 절친의 이름은 이병학이다. 병학이는 정말 특별한 것이 없는 초식동물의 전형이었다. 별명이 병아리가 된 것은 이름 가운데 '병' 자가 있기 때문이다.

녀석은 심성도 병아리처럼 착하고 순했다. 병학이가 우리와 다른 점은 단 하나, 공부를 우리보다 잘한다는 것이다. 그래 봐야 학교에서는 중간 정도 밖에 안 되지만 말이다. 병학이와 내가 절친이 된 것은 같은 호두나무집에서 자취를 하고 있었기 때문이다.

우리학교는 모두 10개 반이 있었는데 1반부터 5반까지는 이과였고, 6반부터 10반까지는 문과였다. 나는 문과인 2학년 7반이었다. 한 사람의 인생이 17살에 결정된다는 것을 믿을 수 있겠는가? 우리나라의 교육계는 한 사람의 인생을 17세에 결정하도록 만들어 놓았다.

1학년을 마칠 무렵, 우리는 문과와 이과로 나눠야 했다. 문과는 인문계로 이과는 자연계로 자신의 적성에 따라 결정을 하는 것이다. 공부에 뜻이 있고, 하고자 하는 꿈이 있거나 미래를 보는 눈이 있는 아이들은 훗날을 자신의 직업을 생각하여 문과와 이과를 결정했다. 하지만 공부도 못하고 꿈도 없으며 미래에 무엇을 직업으로 가질지도 생각하지 못한 학생들은 문과와 이과를 결정짓는 것 자체가 고통이었다.

나는 수학을 못한다는 이유로 문과를 선택했다. 나뿐만

아니라 대다수의 학생들이 수학 성적에 따라 문과와 이과로 나눠졌다고 보면 된다. 지금 생각하면 한심한 일이었지만 1990년대 우리들의 미래는 우리의 특기나 꿈, 의지와는 상관없이 결정지어졌다.

젊은 담임선생님은 이름이 김지용이었다. 영어를 가르쳤고, 전교조 출신의 열혈선생님이었다. 담임선생님은 우리가 겪었던 선생님들과는 달랐다. 시간이 나면 사회문제나 부조리한 일들에 관해 우리에게 이야기해 주셨다.

특히 독재와 불평등에 관한 이야기들이 많았다. 하지만 우리 같은 멍청이들에게 선생님의 이야기가 크게 와 닿을 리가 없었다. 하지만 그 중에서 내가 기억나는 게 한 가지 있다. 지강헌사건이다. 신문이나 뉴스와 담을 쌓은 나였지만 그 사건이 TV에서 생중계되고, 한동안 온 나라가 떠들썩하도록 시끄러웠기 때문에 지강헌사건을 모르는 아이들은 거의 없었다.

지강헌은 올림픽이 열린 1988년 10월, 그러니까 내가 중학교 3학년 가을에 온 나라를 들썩하게 만들었던 흉악한 인질범이었다. 감옥에서 도망친 흉악범이 무고한 가정집에 들어가 인질을 붙잡고 경찰과 대치하다가 결국 경찰의

총에 맞아 죽은 사건이 지강헌사건의 전말이다.

　나는 그렇게만 알고 있었다. 하지만 선생님의 이야기는 그와는 조금 달랐다. 지강헌은 500만 원을 훔친 죄로 7년을 선고받았다. 반면 전두환 대통령의 동생인 전경환은 70억 원을 횡령을 하고도 징역 2년을 살았다. 지강헌은 이에 격분하여 탈옥 후 인질극을 벌였다.

　선생님은 지강헌이 현대판 장발장이라고 하셨다. 선생님은 우리 사회의 불평등을 말하고 싶었던 것 같다. 하지만 당시의 나에겐 사회의 정의나 불의 같은 것이 가슴 깊이 다가오지 않았다.

　세상은 본래부터 평등한 것이 아니다. 애초에 세상이 평등하려면 같은 환경에서 태어나야 한다. 같은 옷을 입고, 같은 밥을 먹고 살아간다면 세상은 평등하다 할 수 있겠지만 애초에 우리는 태어날 때부터 불평등하지 않은가?

　내가 부자 아버지의 아들로 태어났다면 어깨에 힘주며 살아갈 것이다. 내가 힘이 세게 태어났다면 돈을 빼앗기지 않고 살아갈 것이다. 머리가 좋게 태어났다면 선생님들에게 대우받으면서 살아갈 것이다. 하지만 태어날 때부터 돈도 없고 힘도 약하고 머리도 덜떨어졌기 때문에 이런 고생을 하며 살아가는 것이다.

열혈선생님은 틈틈이 사회문제를 말씀해 주셨다. 하지만 나는 선생님의 말씀에 관심이 없었다. 현실과 동떨어진다고 생각했기 때문인지 모르겠다.

내가 열혈선생님에게 좋았던 것 하나는 우리 반 학생들 모두에게 평등하게 대해 주셨다는 거다. 공부를 잘하건 못하건 상관없이 차별하지 않으셨다. 처벌이나 체벌도 하지 않으셨다. 영어시험을 망쳐도 몽둥이찜질을 당하지 않아서 좋았다. 열혈선생님은 당시에 흔하지 않은 천사선생님이었다.

학력고사 세대지만 1990년에도 야간자율학습은 존재했다. 대부분의 아이들이 자율학습에 참여했지만 나처럼 공부와 담쌓은 아이들에게는 학교도 관대했다. 공부 못하는 아이들이 공부하는 아이들을 방해하는 것보다는 집으로 가는 게 낫다는 이유에서였다. 아이들이 학교에서 열심히 공부하고 있을 때 우린 자취방에서 만화책과 무협지를 읽었다.

나의 자취방은 초식동물들의 천국이었다. 아랫목에는 따끈따끈한 이불이 깔려 있고, 윗목에는 만화책과 무협지들이 쌓여 있었다. 만화책과 무협지는 우리 같은 초식동물들의 로망이었다. 기연을 만나고 비급을 얻어 절세고수가 되고 강호를 평정하는 이야기들은 우리 같은 초식동물들에게 대리만족의 기쁨을 주었다. 그뿐 아니다. 무협지는 야한 이야기들도 많아서 젊은 혈기를 발산하게 해주는 촉진제가 되기도 했다.

배고프면 라면을 끓여 먹었다. 나의 자취방은 좁았지만 모든 것이 갖춰져 있었다. 시내로 나가면 당구장이나 로라장(롤라스케이트장), 오락실처럼 놀 곳이 많았지만 거긴 육식동물들이 바글거리는 곳이어서 우리의 자리는 없었다.

우리들은 육식동물을 경계하는 미어캣이었다. 육식동물이 침범할 수 없는 안락한 자취방에 웅크리고 앉아 빌려온 만화와 무협지를 돌려보면서 시간을 보내는 미어캣. 본래 초식동물은 육식동물의 위험을 피해 무리지어 사는 법이니까.

슬픈 미팅

1990년, TV가 없는 자취방의 친구는 단연 라디오였다. 당시 이문세의 별이 빛나는 밤에는 최고의 프로그램이었다. 주말에 하는 공개방송은 반드시 들어야만 하는 마성의 재미가 있었다.

이 무렵, 우리들 사이에서는 펜팔이 유행이었는데 사시미의 저녁 일과였다. 포크송 책이나 잡지 뒤에는 펜팔을 원하는 이성들의 주소가 있었다. 녀석은 부지런히 편지를 보냈지만 함흥차사였다. 보내는 건 있어도 오는 편지가 없었다.

"야! 펜팔 하지 마라. 그거 완전 사기다."

사시미는 그렇게 말하면서도 답장 없는 편지를 썼다. 나는 녀석이 어떻게 편지를 쓰는지 궁금했다. 하루는 녀석의 편지를 빼앗아서 읽었다. 내가 본 최악의 편지였다. 글씨도 예쁘지 않았지만 무엇보다도 내용이 형편없었다.

"이 새끼야, 편지가 이게 뭐냐? 내가 발로 써도 이것보단 낫겠다."

"그럼 네가 한번 써 보던가."

사시미가 볼펜을 내밀었다.

나는 시집 여러 권을 동원하여 아름다운 시 구절과 만화책에 나오는 멋진 글귀를 인용하여 편지를 써 주었다. 결과는 대성공이었다. 사시미 녀석은 같은 내용의 편지에 이름만 바꿔서 여러 명의 여자들에게 펜팔을 보냈고 일주일이 되지 않아 답장이 쏟아졌다. 편지는 매일매일 날아왔고 사시미는 눈물을 글썽이며 기뻐했다.

사시미는 여자라면 가리지 않고 편지를 보냈기 때문에 10대부터 20대 후반의 여자들과 펜팔을 하게 되었다. 펜팔이 잘되는 것까진 좋았지만 답장이 문제였다.

"네가 시작했으니 네가 책임져."

나는 본의 아니게 사시미의 대필 연애편지를 써야 했다.

이 일도 처음 몇 번은 호기심과 재미가 괜찮았지만 여러 번 반복되면서 괴로움에 휩싸였다. 무엇보다 지치고 힘이 들었다. 나는 10대부터 20대, 심지어 30대가 되어 편지를 써야 했다. 이것은 거의 소설 수준이었다. 펜팔 때문에 나는 수많은 시집을 봐야 했고 수많은 소설을 읽어야 했다. 소설이나 시집의 멋진 문장은 펜팔에서 최고의 무기였다.

편지를 쓰는 것은 힘들었지만 내가 누구인가? 순교자 아니었던가? 불쌍한 연애초보, 사랑의 노예 사시미를 위해 나는 최선을 다했다. 만약 내가 이런 열정으로 공부를 했다면 전교 10등 안에 들어가는 것은 일도 아니었을 것이다.

적절한 문장의 활용 덕분에 사시미의 펜팔전선은 활황을 맞이했고, 드디어 결실을 맺는 사건이 일어났다. 사시미의 펜팔 상대 가운데 고등학교 1학년 여학생이 있었다. 이름은 김은지였고, 이름만큼이나 예쁜 여학생이었다. 편지지 사이에 끼워져 있던 은지의 사진은 사시미의 보물 1호가 되었고, 수첩에 넣고는 종일 은지 사진만 들여다보던 사시미는 큰 결심을 한 듯 내게 말했다.

"팔봉아, 은지가 만나자더라. 그래서 은지를 만나러 가기로 결심했다."

"뭐? 은지를 만난다고?"

"다음 주 토요일에 만나자고 편지 써야겠다."

"누구 맘대로?"

"왜?"

"편지는 내가 써 줬는데 너 혼자 재미 본다고? 은지한테 진실을 말하겠어."

나는 볼펜을 들어보였고, 사시미는 곧 의미를 알아챈 듯 심각한 얼굴로 말했다.

"요구 조건이 뭐냐?"

"나도 추가다. 은지한테 친구 한 명 더 데려오라고 하면 되잖아."

"오! 그거라면 좋지."

아랫목에서 만화책을 보던 병아리가 고개를 번쩍 들고 말했다.

"나도 끼워 줘."

"네가 간다고?"

"나도 끼워 주라."

병아리의 부탁을 거절하기 어려웠다.

나는 고개를 돌려 사시미에게 말했다.

"우리 셋이 미팅하러 가자."

"우리 셋이서?"

사시미가 얼굴을 찌푸렸다.

"새끼야, 자꾸 이러면 편지 안 써준다. 내가 편지 안 써주면 걔하고 끝인 거 알지? 선택해라. 갈 건지 끝낼 건지."

나는 볼펜을 빙글빙글 돌렸다.

"알았어. 알았다고."

"내가 왜 이런 제의를 하냐면 걔가 강릉 살잖아. 멀리 가야 하는데 이왕이면 우리 셋이 가는 게 좋지. 너 혼자 가서 잘못되면 어떡할래? 내가 편지로 은지에게 한번 제의해 볼게. 하자면 하고, 안 된다면 그만이잖아."

"그래. 은지 맘이니까."

결국 우리 셋이 미팅을 하기로 합의를 보았다.

병아리는 고맙다고 치킨까지 사 왔다. 어리석은 녀석, 사실 내가 병아리를 데려가려는 데는 이유가 있다. 돋보이기 위해서다. 사시미와 병아리를 사이에 두면 미팅의 킹카는 내가 될 것이다. 훗! 생각만 해도 얼마나 즐거운 일인가?

나는 세 명이 함께 만나자는 편지를 보냈다. 일주일 후,

기다리고 기다리던 은지에게 답장이 왔다. 오매불망 답장을 기다리던 우리는 대한민국 대표팀이 월드컵 본선에서 골을 넣은 것처럼 서로 부둥켜안고 기뻐했다.

이것은 우리의 첫 번째 미팅이었다. 그것은 피 끓는 청춘들에게 찾아온 뜻밖의 행운 같은 것이었다. 먼 도시에 사는 아름다운 이성과의 만남은 생각만으로도 우리들의 가슴을 설레게 하였다. 미팅을 하기까지 일주일동안 우리는 구름 위를 나는 기분으로 살았다. 하루가 일 년 같은 나날이었다. 맞아도 아프지 않았고, 아무리 고된 체벌도 힘들지 않았다. 고통도 아픔도 웃음으로 이겨나갔다. 우리는 달력의 날짜에 줄을 그으며 하루하루를 보냈다.

하지만 우리 같은 초식동물들에게 미팅은 큰일이었다. 사시미는 아르바이트로 모은 돈을 풀었다. 유명 L브랜드 티셔츠와 청바지뿐만 아니라 16만 원이나 되는 비싼 N메이커 신발까지 샀다. 병아리는 시골집에서 깨 두 말을 훔쳐 와서 시장에 팔아 거사자금을 마련했다. 병아리가 착한 줄만 알았는데 알고 보니 무서운 놈이었다. 난 참고서를 산다, 슬리퍼가 떨어졌다, 야간자율 학습비를 내야 한다는 식의 거짓말로 엄마에게 미팅자금을 확보했다. 그렇게 시간이 화살처럼 흘러 드디어 결전의 날이 밝았다.

어둑어둑한 새벽녘에 일어난 나는 부랴부랴 기차역으로 향했다. 아직 어둠이 가시지 않은 새벽이지만 기차역 시계탑 앞에서 사시미와 병아리가 기다리고 있었다. 모두 새 옷을 입어 말끔한 모습들이었다.

"기차표 끊었냐?"

사시미가 기차표를 들고 씨익 웃었다. 이 자식이 웃을 때는 왠지 살벌하다.

"너 여자들 앞에서는 웃으면 안 된다."

"왜?"

"바로 끝이야."

나는 손으로 목을 치는 시늉을 했다. 녀석의 다짐을 받은 후 우린 부푼 가슴을 안고 6시 강릉행 열차에 몸을 실었다. 우리 동네에서 강릉까지는 기차로 4시간이 걸렸다. 완행열차는 사람을 싣고 내리길 반복하며 강릉에 도착했다. 은지와 만나기로 약속한 시간은 11시, 약속장소는 강릉시내에 있는 OK빵집이었다. 빵 냄새는 사랑을 싣는다고 누가 말했던가.

택시를 타고 일치감치 OK빵집으로 간 우리는 은지 일

행을 기다렸다. 벽시계가 내 마음도 모른 채 오늘따라 천천히 움직였다. 여자애들이 빵집에 들어오면 우리의 눈은 반사적으로 돌아갔다. 사시미는 은지의 사진을 손에 들고 비슷한 학생이 들어오기만을 기다렸다. 그렇게 시간은 흘러가고 빵집의 시계가 11시를 가리켰다. 하지만 분침이 6을 가리킬 때까지 은지 일행은 나타나지 않았다. 나는 투덜거렸다.

"야! 어떻게 된 거야? 11시 맞아? 30분이 지났잖아."

사시미가 아무렇지도 않다는 듯 말했다.

"원래 여자들은 튕기느라 늦는 거야."

"하긴."

병아리가 고개를 끄덕였다.

바로 그때였다. 빵집으로 여학생 들어왔다. 청바지에 단발머리를 한 예쁜 소녀였다. 그 소녀는 우리에게 다가오더니 밝은 미소를 흘리며 물었다.

"혹시 미팅하러 온 분 아니세요?"

우린 누가 먼저라고 할 것 없이 자리에서 벌떡 일어났다.

"네, 맞는데요."

소녀가 빙그레 웃었다. 예쁜 소녀의 화사한 미소에 굳었던 마음이 곧바로 무장해제 되는 것 같았다. 마치 겨우내 쌓인 눈이 봄 햇살에 녹는 것처럼 말이다. 혹시 저 소녀와 미팅을 하게 될지도 모른다는 생각이 미치자 나는 얼른 손을 들어 물었다.

"은지는요?"

"은지는 밖에 있어요. 기다리고 있는데 같이 가실래요?"

"왜 여기로 오지 않고?"

사시미가 내 옆구리를 찔렀다.

"네, 가요."

사시미는 재빨리 빵값을 계산하고 소녀를 따라 바깥으로 나갔다. 우리는 그 뒤를 따랐다. 소녀는 길가의 으슥한 골목으로 우릴 안내했다.

초식동물들은 골목길에 대한 두려움이 있다. 육식동물들에게 삥 뜯긴 기억이 많기 때문이다. 소녀를 따라가던 나는 왠지 불안했다. 그건 초식동물 특유의 직감이었을 것이다. 갑자기 여러 가지 생각들이 내 뇌리를 스쳐 지나갔다. 은지 씨가 우릴 만나려 했다면 빵집을 왔으면 될 것이었는데 굳이 친구를 시켜 바깥으로 불러낼 이유가 없지 않은가? 내 머릿속에서 뭔가 잘못되고 있다는 감이 왔을 때,

앞장서서 걸어가던 소녀가 몸을 돌렸다.

"어서 와요. 자취방이 멀지 않아요."

소녀가 손짓을 했다.

'자취방.'

일말의 불안감이 자취방이라는 단어와 소녀의 손짓에 연기처럼 날아가 버리고 말았다. 대개 학생들의 자취방은 허름한 골목에 있기 때문이다.

'여학생의 자취방에 간다.'

우린 누가 먼저라고 할 것 없이 싱글벙글 웃으며 소녀의 뒤를 따랐다. 내 머릿속에 행복한 상상의 나래가 펼쳐졌다. 환한 창으로 햇살이 쏟아지는 예쁜 침대 방이 떠올랐다. 그 방에는 향기로운 아카시아 냄새나 장미꽃 냄새가 가득할 것이다. 나는 말로만 듣던 여학생의 자취방에서 아름다운 여학생들과 만나게 될 것이다. 아! 이것이 꿈은 아니겠지? 나는 구름 위로 오르는 것 같았다. 가벼운 발걸음으로 사뿐사뿐 앞서 가던 소녀가 걸음을 멈추었다. 그 순간 웃고 있던 우리의 얼굴이 일그러졌다. 그렇다. 우린 함정에 빠진 것이다.

소녀의 뒤편에 불량하게 생긴 남자애들 서넛이 담배를

피우며 앉아 있었다. 등줄기에서 오싹하는 소름. 말하지 않아도 아는 느낌이 있다. 우린 본능적으로 서로의 눈빛을 확인하고 몸을 돌렸다. 하지만 골목길 모퉁이에서 불량하게 생긴 아이들 서넛이 길을 가로막고 있었다. 우린 육식동물의 함정에 완벽하게 걸려든 것이다. 육식동물들이 앞뒤로 포위망을 좁혀 왔다. 이렇게 멀리 떨어진 외지에서 육식동물들을 만나다니……. 녀석들이 다가올수록 공포감에 입술이 바싹바싹 마르는 것 같았다.

육식동물이 다가올수록 겁에 질린 초식동물들은 자연스럽게 벽에 기댈 수밖에 없다. 초식동물 세 마리가 벽에 찰싹 달라붙었다. 물론 눈을 마주칠 수도 없었다. 눈을 마주치면 터진다는 것을 알고 있기 때문이다. 우린 죄진 사람처럼 고개를 푹 숙인 채 육식동물의 다음 행동을 기다려야 했다.

담배를 입에 문 녀석이 바닥에 침을 뱉으며 말했다. 녀석은 덩치도 크고 불량해 보여서 육식동물 가운데 최상위에 있는 놈 같았다.

"누가 백대길이야?"

나와 병학이는 눈으로 사시미를 가리켰다. 비겁하다고?

말하지 않으면 맞고 말해야 한다. 어차피 밝혀질 것인데 매를 벌 수는 없는 일이 아닌가. 무엇보다 살고 보는 게 중요하다.

"웃긴 놈들이네."

녀석이 피식 웃다가 사시미의 멱살을 움켜잡았다. 날카로운 매의 발톱에 붙잡힌 새끼 토끼의 모습이 저러할 것이다. 깡패에게 멱살이 잡힌 사시미는 두 눈을 질끈 감고 애처롭게 말했다.

"왜, 왜 그러세요?"

육식동물이 멱살을 흔들며 다그쳤다.

"이 새끼야. 몰라서 물어?"

"뭐, 뭘요?"

사시미는 금방이라도 울음을 터트릴 것 같았다.

"은지는 내 애인이야."

"몰랐어요. 죄송합니다. 알았다면 여기까지 오지도 않았을 거예요."

사시미는 거의 울고 있었다.

"맞아요. 우린 몰랐어요. 정말 몰랐어요."

병아리가 다급하게 말했다.

"우린 정말, 꿈에도 몰랐어요. 살려주세요."

나는 얼른 무릎을 꿇고 손이 발이 되도록 빌었다.

"이 새끼, 똥파리 같네."

내 모습이 우스웠던지 불량청소년들이 목을 젖혀 웃었다. 내 모습이 손을 비비는 똥파리 같다니, 치욕적이었다. 사실 나도 자존심은 있다. 하지만 자존심이 밥 먹여주는 것은 아니다. 상대는 덩치가 우리보다 좋고 싸움도 잘할 것 같은 불량청소년 6명이다. 여섯 마리의 육식동물과 우리 같은 연약한 세 마리 초식동물이 상대가 될 리 없다. 이럴 때는 그저 꼬리를 내리는 것이 한 대라도 덜 맞는다는 것을 우린 오랜 경험으로 잘 알고 있다.

"보기보다 귀여운 놈들이네."

한 녀석이 어이없다는 듯 중얼거렸다. 잘하면 한 대도 안 맞을 수도 있다는 희망이 아지랑이처럼 피어올랐다. 이제 놈들의 목적이 나올 때다. 한 녀석이 불쑥 손을 내밀었다.

"너희들 돈 좀 있냐?"

빙고! 결국 이놈들이 요구하는 것은 돈이다. 돈만 주면 놈들은 아무 일도 없었던 것처럼 사라질 것이다. 나중에 뭐가 되려는지, 미래가 한심한 놈들이다. 더 한심한 것은 이런 인간들에게 돈을 바쳐야 하는 나 자신이다. 하지만 어쩔 것인가? 법보다 주먹이 가까운 세상이다. 모난 돌이 징 맞는다고, 깡패한테 대들다가 맞으면 나만 아프다. 어디가 부러지거나 찢어지면 병원비까지 드니 나만 손해다.

"여기……."

나는 주머니에 있는 돈을 뒤져 녀석의 손바닥 위에 올려놓았다. 사시미와 병아리도 주머니에서 돈을 꺼내 올려놓았다. 미팅한다고 꼬불쳐 놓은 시퍼런 배춧잎이 녀석의 손에 가득했다. 15만 원쯤 되어 보였다. 1990년 당시 자장면 값이 1,300원이다. 실로 어마어마한 돈이었다. 손바닥 안에 있는 돈을 흡족하게 바라보던 녀석이 우릴 바라보았다. 나는 이 놈의 눈빛이 뭘 말하는지 잘 안다. 10원에 한 대라고 지껄이며 주머니와 양말까지 탈탈 털 것이다. 병아리와 사시미는 분명히 비상금을 꼬불쳐 놓았을 것이다. 겁이 많은 초식동물들은 항상 최악의 상황까지 생각하니까 말이다. 이 악랄한 육식동물들에게 비상금까지 털리면 개고생을 해야 한다. 이럴 땐 선수를 치는 것이 상책이다.

"차비까지 가져가셨어요. 차비만 주시면 안 될까요?"

나는 울상을 하며 거지처럼 손바닥을 모았다.

"이 새끼가 죽을라고?"

녀석이 주먹을 들어 나를 때리려다가 무슨 생각이 들었는지 주머니에 돈을 집어넣었다.

"꺼져! 새끼들아."

골목을 막고 있던 육식동물들이 퇴로를 열어 주었다. 한 줄기 광명의 빛이 쏟아지는 것 같았다. 우리는 누가 먼저랄 것 없이 빛을 향해 뛰어갔다. 그것은 자유의 길이며, 생명의 안식처였다. 두 팔과 다리에 자개바람을 일으키며 골목길을 빠져나온 우리는 큰길을 향해 달렸다. 늑대에게 쫓기는 양떼처럼, 사자에게 쫓기는 임팔라처럼.

육식동물에 혼이 난 임팔라 세 마리는 겁에 질린 채 기차역 안에 쪼그려 앉았다. 서로의 얼굴을 보고 있으니 어찌나 한심한지……. 우린 거금 15만 원을 빼앗겼는데도 경찰서에 신고도 하지 못하는 한심한 초식동물들이었다. 배에서 처량하게 꼬르륵 소리가 났다.

"돈 있냐?"

병아리와 사시미가 잠자코 신발을 벗었다.

이순신 장군에게 열두 척의 배가 있었듯이 병아리와 사

시미의 양말 속에는 4만 원의 비상금이 숨겨져 있었다.

"내 이럴 줄 알았다. 내가 그때 그놈들한테 차비라도 달라고 하지 않았다면 비상금까지 탈탈 털릴 뻔했잖아."

"자랑이냐?"

병아리와 사시미가 한심하다는 듯 나를 바라보았다. 아마 저놈들도 나와 같은 생각을 하고 있을 것이다.

"에휴."

도토리 키 재기, 오십 보 백보다. 누가 누구를 비난할 수 있을 것인가? 힘없는 임팔라 세 마리는 기차역 근처의 중국집에서 자장면으로 허기진 배를 채우고 벤치에 앉아 하염없이 기차를 기다렸다. 돌아가는 기차는 3시에 있었다. 강릉에 온 지 5시간 만이다. 강릉에서 2시간, 기차역에서 3시간을 머물렀다.

기차에 오르자 마음이 놓였다. 기차가 움직이자 말이 없던 사시미가 처음으로 말문을 열었다.

"내 이럴 줄 알았어. 은지처럼 예쁜 여학생을 짱들이 가만두겠냐? 아! 내 돈. 피 같은 내 돈."

나도 빼앗긴 돈이 억울하긴 마찬가지였다.

"이게 다 사시미, 너 때문이야."

사시미가 눈을 부라리며 말했다.

"이게 왜 나 때문이냐? 너 때문이지. 네가 편지를 안 써 줬다면 이런 일도 없었을 거 아니냐?"

"이 새끼 봐라. 종로에서 뺨 맞고 한강에서 화풀이한다 더니 나한테 왜 지랄이야?"

우린 한동안 책임을 미루면서 다투었다. 하지만 그것도 화풀이를 하기에는 별로 도움이 되지 않았다. 말없이 의자 에 머리를 기대고 있던 병아리가 중얼거렸다.

"여자는 요물이라더니……."

집에서 훔쳐온 깨를 팔아 마련한 돈을 홀라당 빼앗기고 말았으니 녀석도 허탈하긴 마찬가지일 것이다.

사시미가 말했다.

"예쁜 것들이 무슨 죄냐? 삥이나 뜯는 나쁜 새끼들이 문 제지. 그 새끼들, 나중에 범죄자가 돼서 감옥을 제집처럼 들락거리겠지. 은지가 불쌍하다."

"맞아. 은지도 사악한 놈의 손아귀에서 벗어나고 싶을 텐데 그치?"

"맞아. 우린 오늘 운이 좋았어. 일진한테 걸려서 한 대도 안 맞은 게 어디냐?"

"그건 그래."

"경찰한테 신고할 걸 그랬나?"

"신고하면 경찰이 잡을 수 있겠냐? 벌써 어디론가 토꼈을 텐데…… . 그놈들이 보복하면 어떡할래?"

"에이, 똥 밟았다 치지 뭐. 이런 일이 한두 번이냐?"

차창 밖으로 푸른 바다가 보였다. 하얀 백사장과 푸른 바다가 차창 밖으로 그림처럼 펼쳐져 있었다. 병아리가 말했다.

"바다다."

"그러게. 바다가 있네."

"예쁘다."

"예쁘네."

거기에 푸른 바다가 있는 줄 우린 왜 몰랐을까? 임팔라세 마리는 말없이 아름다운 차창 밖을 바라보았다. 이런 풍파를 겪고도 집에 돌아온 우린 은지에게 편지를 보냈다. 몇 번을 보냈지만 은지의 답장은 오지 않았다.

은지가 정말로 일진의 애인이었는지, 우릴 물 먹이기 위해 계략을 꾸민 것인지는 지금도 알 수 없다. 하지만 우린 은지가 착한 소녀일 것이라 굳게 믿었다. 그리고 착한 은지가 사악한 일진의 손아귀에서 벗어나 행복하게 살게 되길 바랐다.

사랑의 노예 사시미의 펜팔은 그 후로도 계속되었다. 25세의 펜팔녀가 사시미를 만나러 자취방까지 찾아왔을 때까지는 말이다. 그녀는 사시미의 볼에 붉은 손자국을 남기고 돌아갔다. 사시미는 나이를 따지면서 자신의 실연을 정당화했지만 내가 보기엔 상대방이 사시미의 외모에 충격을 받은 것 같았다. 어쨌든 그렇게 사시미의 펜팔은 끝났다. 자연스럽게 나의 사기대필극도 막을 내리게 되었다.

한여름밤의 추억

　여름방학이 시작되었다. 대개의 인문계고교가 그렇듯이 학교에서는 대입을 위해 방학동안에도 보충수업을 했다. 선택이 아니라 필수였다. 학교마다 대입경쟁이 붙었으니 치열했다. 공부를 잘하는 아이들은 따로 모여 수업을 했고, 성적이 고만고만한 학생들은 교실에서 수업을 했다. 나처럼 공부에 뜻이 없거나, 아무리 지식을 집어넣어도 머리에 들어가지 않는 돌대가리 멍청이들에게는 이런 시간들이 시간낭비였다. 하지만 방학 때는 보충수업 때문에 집에 가지 않아도 되었기 때문에 나의 자유로운 시간은 계속되었다.

후덥지근한 날씨에 천장에 달린 선풍기 두 대가 고작인 교실에서 머리에 들어오지도 않는 책을 붙잡고 씨름하는 것은 나에게는 고문에 가까웠다. 내리쬐는 햇살 아래 매미는 여름을 울부짖고 있었다.

자유, 자유, 자유, 여름은 자유다.

매미소리가 이렇게 들렸다. 책 속에 푸른 바다가 떠오르고 맑은 계곡이 보였다. 나의 마음은 이미 대자연에 가 있는데 어찌 교실에 잡아놓을 수 있단 말인가? 내 옆자리에 멍하게 앉아 있던 사시미는 오늘도 꾸벅꾸벅 하염없이 인사를 하고 있었다. 나는 사시미의 옆구리를 쿡 찔렀다.

"왜?"

사시미가 입가에 고인 침을 닦으며 나를 바라보았다.

"이번 토요일에 C산 갈까?"

"C산?"

사시미의 썩은 동태눈에서 갑자기 생기가 돌았다. 공부를 노는 것처럼 한다면 우리는 서울대를 가고도 남았을 것이다.

"C산에 간다고?"

앞자리에 앉아 있는 병아리가 고개를 획 돌렸다.

"C산 좋지. 거기 은어가 많이 나온다더라."

"은어?"

"은어 몰라? 그거 엄청 맛있어. 회로 먹으면 수박 맛이 난다니까. 내가 은어 잡아줄게."

병아리가 엄지손가락을 치켜들었다. 병아리는 본래 낚시를 좋아하는 녀석이라서 종종 낚시 이야기를 하곤 했다. 댐에서 팔뚝 크기의 잉어를 낚았고, 저수지에서 붕어를 수십 마리 잡았고, 장마 때 강에서 가물치를 잡았다는 이야기를 했지만 우리가 본 적은 없었다. 이야기가 점점 길어져서 자연스럽게 우리의 주말 일정이 정해졌다.

방학에도 놀지 못하는 지옥 같은 나날을 보내는 우리가 놀 수 있는 시간은 토요일과 일요일뿐이었다. 이때 놀지 않으면 언제 놀 것인가? 이것은 공부와 담은 쌓은 우리들만의 특권이기도 했다.

주말이 되자 우리는 계획을 실행으로 옮겼다. 세 명이 잘 수 있는 텐트와 코펠, 라면과 과자, 음료수만 있으면 됐다. 병학이는 은어를 잡아 푸짐하게 먹여주겠노라 위풍당

당하게 낚싯대를 챙겨왔다. 나는 기타를 가져왔다. 기타는 자취방에서 배웠다. 잘 치지는 못하지만 코드 몇 개만 외우면 노래 한 곡은 칠 수 있었다. 내가 기타를 가져온 것은 혹시나 만나게 될 인연을 위해서였다. 우리가 비록 초식동물이지만 세상일은 모르는 법이니까.

기다리던 16번 완행버스가 도착했다. 덜덜거리는 엔진에서 벌써부터 역겨운 냄새가 코를 찔렀다. 정말 싫은 냄새다. 어릴 적 외갓집에 갈 때면 언제나 멀미를 했다. 버스가 비포장도로에 접어들어 꼬불꼬불한 굽잇길을 접어들면 나의 인내력은 한계에 부딪힌다.

고등학교에 진학하면서 멀미를 하는 일은 줄어들었지만 버스에서 나는 정체 모를 냄새는 들뜬 여행자의 기분에 찬물을 끼얹었다. 고등학생이나 되어서 차멀미를 한다면 얼마나 쪽팔리는 일인가. 사시미와 병아리가 두고두고 놀릴 것이 뻔했다. 나는 재빨리 버스에 올라 자리를 잡은 후 창문을 열고 맑은 공기를 마시며 먼 산에 시선을 고정하는 것 밖에는 도리가 없다.

버스가 출발하여 꼬불꼬불한 시골길을 1시간 반쯤 달린 끝에 우린 C산 입구에 도착할 수 있었다. 물론 우려하던 차멀미도 하지 않았다. 사실대로 말하자면 십분만 더 갔다면 차멀미를 했을 것이다. 하늘이 나를 도왔다고 할 수 있었다.

버스가 검은 매연과 누런 먼지를 일으키며 지나간 버스 정류장에는 여름철 행락객들을 위한 낚시점과 간이매점이 들어서 있었다. 낚시점 앞에는 커다란 수조가 있었는데 물고기들로 가득했다.

"보이냐? 촌놈들. 이게 은어다."

병아리가 맑은 수조 속에서 놀고 있는 은어를 가리켰다. 유선형의 매끈한 물고기들이 기포 사이에서 헤엄치고 있었다. 병아리가 물고기를 손가락을 가리키며 물었다.

"은어가 어떤 물고긴지 모르지?"

"모른다."

"저게 옛날에 임금님께 진상될 정도로 맛있는 물고기다. 맑은 계곡물 속에서 이끼를 먹고 자라서 회로 먹으면 수박 맛이 나. 내가 오늘 너희들에게 먹여주지."

녀석의 얼굴에 알 수 없는 자신감이 넘쳤다. 평소에 병아리의 모습은 온 데 간 데 없었다. 촌동네에서는 촌놈이 왕이라더니 왕이 된 병아리는 병아리가 아니라 독수리 같았다.

낚시점 맞은편에는 높고 푸른 산이 우뚝 솟아 있었다. 산이 높으면 골이 깊은 법이라 C산 아래에는 맑은 계곡이 길게 이어져 있었다. 옛날부터 이름난 명산이라 등산을 오는 사람들도 많았지만 물이 맑고 깨끗해서 여름에는 계곡에 여름휴가를 즐기러 온 사람들이 많았다.

　맑은 계곡물에는 은어를 잡으러 온 강태공들도 많이 보였다. 저마다 긴 낚싯대를 들고 열심히 물고기를 잡고 있었다. 병아리는 물고기에 정신이 나갔지만 나와 사시미의 눈에는 물고기 따위가 들어오지 않았다. 우리는 짝을 찾는 외로운 청춘들, 미어캣처럼 주변을 둘러보던 사시미가 계곡물에 물장구를 치는 여자들을 보곤 음흉한 얼굴로 엄지손가락을 치켜들었다.

　"빙고!"

　우리가 할 일은 베이스캠프를 설치하는 것이다. 근거지가 있어야 공략이 가능하기 때문이다. 우리는 얼른 텐트를 칠 자리를 찾았다. 맑은 물이 흐르는 계곡 주변에는 맨들맨들한 자갈돌들이 많았다. 자갈을 골라서 바닥을 평평하게 한 후 텐트를 쳤다. 텐트는 아버지 것인데 오늘을 위해 몰래 가져왔다. 세 명이 후다닥 텐트를 치자 병아리가 말했다.

"야, 내가 은어 잡아줄게. 잠깐 기다려."

병아리는 길가로 후다닥 올라가더니 잠시 후에 불룩한 비닐봉투 하나를 가지고 내려왔다. 물이 가득담긴 비닐봉투 안에는 은어 세 마리가 들어 있었다. 버스정류장 앞에 있는 낚시점에서 사 온 모양이었다.

"이게 뭐야? 은어를 잡는다더니 사 온 거냐?"

"무식한 놈. 은어는 그냥 못 잡아. 씨은어가 있어야 잡힌 다니까."

낚싯대를 꺼낸 병아리가 은어의 주둥이를 꿰며 말했다.

"은어란 놈은 자기 구역이 있거든. 자기 구역에 다른 은어가 나타나면 쫓아내려는데 그때 낚이는 거야. 후후후후."

병아리가 날카로운 낚싯바늘을 보여주며 회심의 미소를 흘렸다. 평소에는 병아리처럼 순한데 이런 투지와 자신감이 어디에 숨어 있었는지 모를 일이었다. 비닐봉지에 있는 은어를 바라보던 사시미가 물었다.

"근데 은어 얼마냐?"

병아리가 아무렇지 않게 말했다.

"만 원."

"이 새끼가 미쳤나? 겨우 세 마리에 만 원이나 썼냐?"

당시 영화 관람료가 2,300원이었으니 만 원이면 적은 돈이 아니었다.

"야, 만 원으로 은어회 실컷 먹게 해 줄게. 은어회가 얼마나 비싼 줄 아냐?"

"정말?"

평소 큰소리를 치지 않는 녀석의 말이라서 솔깃했다.

"나만 믿어. 내가 많이 잡아올게. 은어회 실컷 먹자."

병아리가 큰소리를 치곤 허둥지둥 물속으로 들어갔다. 녀석은 물살을 헤치고 계곡 가운데로 가서 낚시를 시작했다. 나는 텐트 안에서 병아리를 바라보았다. 병아리는 내리쬐는 땡볕 아래에서 정신없이 낚시를 했다. 콸콸콸 내려가는 계곡을 올라갔다가 내려갔다 하면서 은어잡이에 몰두했다. 나는 이런 병아리의 모습을 본 적이 없었다.

맹자는 인간이 본래 착한 성품을 가지고 태어나고, 순자는 사람이 본래 악한 성품을 가지고 태어났다고 했다. 두 학설 모두 외부의 요인이 사람의 성격을 변화시킨다고 했다. 하지만 나는 본래 사람은 태어나면서부터 마음속에 다양한 성격을 지니고 있다고 생각한다.

사람의 성격을 형성하는 것은 본래 마음속에 있는 여러 가지 성격 가운데 가장 비율이 큰 것에 의해 결정되는 것이다. 그것은 사람이 태어나면서 경험하게 되는 외부의 요인에 의해 영향을 받는 것이다. 생각해 보라. 사람의 마음에 여러 가지 성격이 없다면 소설가나 만화가 같은 창작자들은 다양한 캐릭터를 만들어 내지 못할 것이다.

내가 내린 결론은 무언가 좋아하는 것을 하게 되면 사람의 행동과 성격이 달라진다는 것이다. 엄마는 내가 공부를 할 때와 책을 볼 때의 눈이 다르다고 했다. 공부를 할 때는 썩은 동태눈 같은데 만화책이나 소설책을 볼 땐 두 눈이 반짝거린다고 했다. 내가 좋아하는 것을 할 땐 집중하지만 내가 싫어하는 것을 할 땐 집중하지 못한다는 것이다. 만약 내가 좋아하는 것을 발견한다면 나는 그 무언가를 정말 열심히 할 수 있을 것이다. 하지만 문제는 그 무언가를 찾지 못했다는 것이다.

병아리는 낚시를 좋아하는 것만은 분명했다. 그렇지 않고서는 병아리가 독수리가 될 리 없다. 한 마리의 독수리가 된 녀석은 계곡을 오르락내리락하면서 정열을 다해 은어낚시를 하였지만 큰소리친 것과는 달리 은어를 한 마리도 잡지 못했다. 곁에 있는 강태공들은 줄줄이 은어를 낚아 올리는데 병학이의 낚싯대는 감감 무소식이었다. 우리가 보기에 녀석은 고기를 잡는 것이 아니라 낚싯대를 들고 계곡을 오르락내리락하는 것에 불과했다. 텐트 안에서 병아리를 바라보던 사시미가 말했다.

"은어회 먹여 준다더니, 기분이 이상하지 않냐?"

"너도 그러냐? 어찌 쏴한데……."

"사시미, 써 보기나 하겠냐?"

사시미가 가져온 회칼을 들고 웃었다. 칼을 든 처키가 눈앞에 웃고 있었다.

"치워. 못 생긴 놈이 사시미칼을 들고 있으니 살벌하게 웃기잖아."

"알아. 새꺄."

사시미가 회칼을 집어넣으며 궁시렁거렸다.

머리 위에 있던 해가 서산으로 떨어지고 있었다. 은어를 잡던 병아리는 계곡을 따라 올라가서 보이지도 않았다.

"병아리 기다리다가 굶어죽겠다. 라면이라도 끓여 먹자."

라면을 끓이려고 코펠에 물을 붓고 있을 때였다. 멀리서 병아리가 헐레벌떡 뛰어오는 것이 보였다. 병아리는 낚싯대에 은어 한 마리를 매달고 뜨거운 아지랑이가 올라오는 자갈밭을 뛰어오고 있었다.

"드디어 은어를 잡은 모양이다."

"새끼, 드디어 올 것이 왔구나."

우린 승전장군을 마중하는 사람들처럼 병학이가 오기를 기다렸다. 발바닥에 자개바람을 일으키며 뛰어온 병학이는 숨을 헐떡거리며 말했다.

"아! 큰일났다. 미끼 은어가 시들시들하다. 안 되겠다. 죽기 전에 먹자."

우린 멍하니 병아리를 바라보았다.

"칼 있지?"

병아리가 텐트에서 칼을 찾아 은어를 잘랐다. 낚시점에 산 세 마리가 온전히 토막이 나서 그릇 안에 담겼다.

"먹자."

병아리가 토막을 초장이 찍어 먹었다.

"수박 맛 나지? 역시 은어회는 이 맛이야."

나와 사시미는 어이가 없어서 병아리에게 따지듯이 말했다.

"새끼야, 은어 잡아 준다며?"

병아리가 은어 토막을 들고 말했다.

"여기 은어 있잖아. 귀한 거야. 먹어."

"지랄하고 자빠졌다."

병아리가 텐트 안에 있는 자기 가방에서 소주 한 병을 꺼내 왔다.

"어? 웬 소주?"

"은어회에는 소주가 제격이지."

병아리가 종이컵에 소주를 따라 주었다. 병아리가 소주까지 먹다니 정말 놀라운 일이었다. 어쨌거나 초식동물인 우리에게 이것은 즐거운 일탈이었다. 독한 소주 한 잔을 들이 키고 초장을 듬뿍 찍어 먹는 은어회는 일품이었다. 은어회는 정말로 수박 맛이 났다.

삽시간에 술 한 병과 은어회 몇 조각이 바닥났다.

"배고프다. 라면 먹자."

우린 라면을 끓여 이른 저녁을 먹었다. 배가 부르자 다른 생각이 났다. 술도 먹은 터라 얼굴이 뜨거워지고 알딸딸하게 기분도 좋았다. 어른들 말마따나 술을 마시면 간이 커지는 모양이다. 우리 텐트에서 멀지 않은 물가에 놀러온 여학생들이 보였다. 우리가 라면을 먹을 때 텐트를 들고 계곡 아래로 내려온 팀이었다. 여자 세 명이 텐트를 치고 있었다.

"병학아, 너 은어 못 잡았으니 저 아가씨나 데려오너라. 우리 좋은 추억 하나 만들고 가자."

"미쳤냐? 정 하고 싶으면 네가 해."

"은어도 못 잡았으면 그 정도는 해야 되는 거 아니냐?"

옆에 있던 사시미가 거들었다.

"양심도 없는 놈이네. 빨리 갔다 와."

우린 떠밀 듯이 병아리를 텐트에서 쫓아냈다. 병아리는 텐트 앞에서 머뭇거리다가 힘없이 말했다.

"안 된다."

"안 되긴 낚시한다 생각하고 어서 가 봐. 빨리."

"너는 양심도 없어? 은어도 못 잡았으면 여자라도 포섭해 와야 할 것 아니야. 가서 말이나 걸어 봐."

사시미도 거들었다. 우리의 재촉에 병아리는 무거운 발걸음으로 여학생들에게 다가갔다. 나는 병아리의 뒷모습을 바라보며 사시미에게 말했다.

"병학이가 실패한다에 만 원 건다."

"나도 실패에 만 원 건다."

"그럼 안 돼. 둘 다 실패잖아. 너는 성공에 걸어."

"싫어. 네가 성공에 걸어."

"좋아. 그럼 성공하는 사람이 이만 원 가져가기다."

"알았어."

초식동물들도 남자다. 승부욕에 발동이 걸렸다. 이런 내기가 걸려 있는지도 모르고 병아리는 여학생의 텐트 주변을 주뼛주뼛 맴돌고 있었다. 우린 말없이 병아리를 바라보았다. 은어를 잡는 열정이라면 말이라도 걸 수 있을 것이다. 하지만 한동안 여학생 텐트 주변을 맴돌던 병학이는 끝내 말 한마디 걸어보지 못하고 힘없이 돌아왔다.

"새끼야, 말도 못 붙였냐?"

"미안하다. 도저히 안 되겠더라."

병아리가 수줍은 듯 뒤통수를 긁적거렸다.

"여자 꼬시는 걸 은어잡듯 하면 성공하고도 남았을 텐데……."

사시미가 끼어들었다.

"죽어도 안 돼. 병아리가 은어 잡는 거 보고도 모르냐? 한 마리도 못 잡잖아. 얘는 허수아비야."

병아리가 지지 않고 말했다.

"그럼 너는 할 수 있을 것 같아? 너는 얼굴이 음란해서 어림없어."

"맞아 맞아."

나는 배를 잡고 웃다가 사시미에게 말했다.

"이번에는 네가 한번 가 봐라."

"너는? 네가 먼저 가라."

"좋아. 그럼 가위바위보로 정하자."

가장 쉬운 것으로 승부를 내기로 했다. 불행히도 나는 가위를 냈고, 사시미는 바위를 냈다.

"역시 남자는 주먹이지."

사시미가 너스레를 떨었다.

우리가 이런 엄청난 일을 할 사람이 아니다. 아무리 생각해 봐도 은어와 함께 마신 술 때문인 것 같았다. 나는 텐트를 나와 여학생들을 향해 무거운 발걸음을 옮겼다. 승부의 세계는 냉정한 것이다. 하지만 여학생들의 텐트로 다가갈수록 발걸음의 무게는 더욱 무거워졌다. 가슴이 쿵쾅 소리를 내면서 뛰었다. 할 수 있다고 마음속으로 외쳤지만 점점 자신감이 떨어지고 있었다.

여학생들이 텐트를 치고 있었다. 나는 텐트 앞에서 걸음을 멈추었다. 입을 열어보려고 했지만 목구멍이 막혔는지 말이 나오지 않았다. 큰소리를 치던 자신감이 어디로 사라졌는지 도망치고 싶은 마음밖에는 없었다. 생면부지의 여학생에게 말을 건네려니 막막했다. 고개를 돌려보니 텐트 안에서 나를 보며 키득키득 웃는 두 녀석이 보였다. 내가 미쳤지. 술기운이 아니었다면 이런 내기를 하지 않았을 것이다. 하지만 피 같은 내 돈을 빼앗길 수는 없는 노릇이었다. 나는 용기를 내기로 했다. 눈을 찔끔 감고 입을 열었다.

"텐트 치는 것 힘들 텐데 도와드릴까요?"

"어머, 도와주시면 고맙구요."

뿔테 안경을 쓴 여자가 말했다.

'왔구나.'

나는 보란 듯이 의기양양하게 사시미와 병아리가 있는 텐트를 쳐다보곤 여학생들의 텐트 치는 것을 도와주었다. 여자들끼리 텐트를 치는 것은 확실히 어려운 일이었다. 나는 기회를 잘 포착한 것이다. 텐트를 치다 말고 우리 텐트를 돌아보니 사시미와 병아리가 부러워하는 모습이 보였다. 하긴 부러울 것이다. 이 김팔봉 님의 능력이 말이다.

여학생 중에는 생머리 미인이 있었다. 파마를 하고 키가 껑충 크며 얼굴이 빼빼한 전봇대 같은 여학생과 단발머리에 두꺼운 안경테를 쓴 키 작은 못난이도 있었다. 세 명 가운데 생머리 아가씨가 연예인처럼 예뻐서 눈길이 자꾸만 갔다. 나는 용기를 내서 생머리 아가씨에게 물었다.

"세 분 오셨어요?"

"아뇨. 친구가 더 있어요. 가까운 곳에 살아요. 곧 올 거예요."

"아, 네."

나는 열심히 텐트 치는 것을 도와주었다. 한 명이 더 있다니……. 생머리 미인은 내가, 전봇대는 병아리가, 못난이는 사시미와 파트너가 되면 완벽할 것 같았는데 계획에 약간의 차질이 생길 것 같았다. 나를 힐끔힐끔 쳐다보던 못난이가 말을 걸었다.

"어느 대학 다니세요?"

갑자기 말문이 턱 막혔다.

"A, A대학교요."

"어머, 저희도 A대학교 다니는데… 몇 학번이세요? 무슨 과를 다니세요?"

못난이가 꼬치꼬치 물었다. 하늘이 무너지는 것이 이런

기분일 거다. 갑자기 머리가 어지럽고 말문이 막혔다. 몇 학번은 뭐고, 무슨 과는 뭐지? 난 못난이가 무슨 말을 하는지 알아들을 수 없었다. 전봇대가 생머리 미인에게 중얼거리는 소리가 들렸다.

"쟤 고등학생 아니야?"

못난이가 눈치 챈 것 같았다. 가짜 대학생이 진짜 대학생에게 들통났던 드라마가 떠올랐다. 드라마에서 일어났던 일이 바로 나에게 벌어진 것이다. 얼굴이 화끈거리고 쪽팔려서 쥐구멍에라도 숨고 싶은 기분이었다. 바로 그때였다.

"어? 팔봉아, 네가 여긴 어쩐 일이냐?"

텐트 뒤에서 구세주가 나타났다. 호두나무집 문간방에 자취를 하는 새내기 대학생 영규 형이었다. 이런 곳에서 영규 형을 볼 줄은 꿈에도 생각지 못했다. 대학교에 다니는 영규 형은 늦은 밤에 집에 돌아오곤 했는데 대개 술이 취해서였다. 우린 매일 자유롭게 술이나 마시고, 여학생들도 사귈 수 있는 영규 형을 부러워했다.

자취방에서 우리에게 먼저 말을 건 것도 영규 형이었다. 영규 형은 종종 치킨을 사와서 우리와 함께 먹었다. 우린 치킨을 무척이나 좋아했다. 더구나 공짜 아닌가. 치킨을 먹을 때면 맥주나 소주를 한잔씩 먹을 수도 있었다. 이렇게 좋은 형이 어디에 있는가?

영규 형에게 한 가지 문제라면 사회의 부조리에 너무 민감하다는 것이었다. 영규 형은 소위 운동권이었다. 전학 왔을 때는 운동권이 운동 잘하는 아이들을 일컫는 말인 줄 알았는데 영규 형을 알게 되면서 그 뜻을 알았다.

운동권 학생들은 데모를 하는 학생들이었다. TV뉴스에서 자주 볼 수 있는 민주화를 부르짖으며 투쟁하는 학생들이었다. 영규 형은 사회에 불만이 많은 모양이었다.

"너희들 5·18 광주사태 들어봤나?"

"그게 뭔데요?"

"하긴 독재자와 언론이 사람들의 눈과 귀를 가렸는데 니들이 어찌 알겠냐?"

영규 형은 박정희가 김재규에게 죽은 후, 전두환이 권력을 잡는 과정에서 일어난 5·18 광주사태를 이야기해 주었다. 한마디로 말해서 전두환이 군사세력으로 권력을 잡자 전라도민들은 민주화를 위해 군사세력이 빨리 물러나길 원했고, 전두환이 무고한 이들을 북한지령을 받은 폭도로 규정하여 군대를 파견하여 무자비하게 이들을 진압했다는 이야기였다. 권력을 잡은 전두환은 대통령이 되었고, 8년을 통치하면서 이 나라는 정의가 사라지고 사회 곳곳에 부정과 비리가 판을 치고 있다는 얘기였다.

5·18 사태가 1980년에 일어났으니 내가 초등학교 3학년 다닐 무렵의 이야기였다. 생각해 보라. 코찔찔이 초등학교 3학년짜리가 사회에 대해 뭘 알겠는가?

영규 형은 열변을 토하며 이 땅의 민주화와 정의에 대해 이야기했지만 사실 우리는 역사에 관심도 없고 다른 생각을 할 처지도 아니었다. 우리의 관심은 오직 치킨 밖에는 없었다. 영규 형은 쇠귀에 경을 읽었던 것이다. 영규 형의 말이 우리를 감동시키지는 않았지만 어쨌든 영규 형과는 치킨 때문에 많이 친해진 것은 사실이었다. 못난이가 영규 형에게 말했다.

"영규야, 아는 친구니?"

"알지. 나하고 동긴데……."

영규 형이 여대생들 모르게 눈을 찡긋하였다.

"무슨 과야?"

"얘는 국문학관데 일찌감치 군대 간다고 휴학계 냈어."

영규 형이 나에게 물었다.

"너 아직 군대에 안 갔냐?"

"아직⋯⋯."

여대생들이 고개를 끄덕였다. 나를 의심하던 마음이 안개처럼 사라져버렸다는 것을 느낄 수 있었다. 하늘이 무너져도 솟아날 구멍이 있다더니, 나는 정말 영규 형이 고마웠다.

영규 형은 C산 근방에 살았다. 여학생들이 기다리는 친구가 여자가 아니라 영규 형이라니 정말 세상일은 알다가도 모를 일이다. 나는 영규 형과 함께 텐트를 쳤다. 텐트를 고정하려고 끈을 당기면서 영규 형이 조용히 물었다.

"팔봉아, 너 혼자 왔냐?"

"아뇨. 병아리랑 사시미도 왔어요."

나는 우리 텐트가 있는 곳을 가리켰다. 텐트 안에 옹송거리고 앉아 있는 두 녀석이 보였다.

"새끼들, 소심한 줄 알았더니 꼬롬하네. 여대생 꼬시려고 작업 걸었냐?"

"아, 아녀요. 내기했거든요."

"내기?"

"여대생 꼬셔오는데 만 원씩 걸었어요."

"내가 도와주면 반 나눌 테냐?"

"알았어요. 나눌게요."

영규 형이 고개를 돌려 여대생들에게 말했다.

"저기 팔봉이 일행이 있는데 함께 놀래? 괜찮은 애들이야. 내가 보장할게."

못난이가 말했다.

"난 좋아."

우리 일행과 여대생들의 어색한 만남이 시작되었다. 계곡에서의 낭만적인 밤은 기대하지 않는 게 좋다. 낭만과는 거리가 먼 노예생활의 시작이니까. 우린 여대생들을 위해 밥을 하고, 라면도 끓이고, 캠프파이어를 위해 어둑어둑한 계곡을 돌며 장작을 주워 불을 피워야 했다.

모든 일을 마치고 나자 여대생과의 만남의 시간이 찾아왔다. 우린 타오르는 장작불 가장자리에 둘러앉아 술을 마셨다. 여기에서 우린 고등학생이 아닌 대학생이었다. 가짜 대학생이지만 대학생 노릇을 해야 했기 때문에 술을 마시지 않으면 안 되었다.

난 학번과 학과가 무엇인지 알게 되었다. 학번은 입학

년도를 말하는 것이고 학과는 전공하는 과를 말하는 것이었다. 영규 형은 90학번이고 철학과를 다닌다는 것도 알게 되었다.

여대생들의 이름도 알게 되었다. 생머리 미녀의 이름은 혜민, 파마머리 전봇대의 이름은 윤정, 단발머리 못난이의 이름은 경숙이었다. 세 명 모두 90학번에 생물학과를 다닌다고 했다. 내 눈에는 혜민이 밖에 안 들어오는데 병아리와 사시미는 윤정이와 경숙이도 좋은 모양이었다.

"와! 별이 쏟아져 내리는 것 같아."

혜민이가 하늘을 올려다보며 말했다. C산의 밤하늘은 정말로 별천지였다. 가만히 누워 하늘을 올려다보면 수천만 개의 별이 한꺼번에 쏟아지는 것 같았다. 이런 장관을 감상할 땐 한마디 해 줘야 한다. 미녀에게 깊은 인상을 남기기 위해서 말이다.

"옛날 사람들은 별을 태양이 부서진 파편이라고 생각했다죠?"

내가 생각해도 멋진 말이다.

"그 말 허클베리핀에서 봤는데……."

못난이 경숙이가 끼어들었다. 애는 낄 데 안 낄 데를 모르고 끼어들어서 찬물을 끼얹는다. 내 옆에 있던 사시미가 조용히 물었다.

"야, 허클베리핀이 뭐냐?"

나는 사시미의 귀에 입을 대고 조용히 말했다.

"있어. 톰소여 친구."

"톰소여는 누군데?"

"있어. 허클베리 친구."

"지금 장난하냐?"

"새꺄, 책 좀 읽어라. 아니면 만화영화를 보던가."

나는 조용히 사시미를 타박하곤 경숙이에게 아는 체를 하며 말했다.

"저도 허클베리핀에서 봤어요."

"아! 그렇군요."

경숙이가 손을 모으며 말했다.

"국문학과라고 했죠? 허클베리핀처럼 인생을 낭만적으로 살 수 있다면 얼마나 좋을까요?"

"허클베리핀은 낭만적이지 않지요."

나의 대답에 윤정이가 끼어들었다.

"허클베리핀이 낭만적이지 않다고요?"

윤정이의 모습은 시비를 거는 사람 같았다.

"허클베리핀은 알코올 중독자인 아버지에게 학대를 당하는 애죠. 맞는 것이 이골이 나서 가출을 하지요. 죽은 척하곤 말이죠. 녀석은 뗏목을 타고 미시시피 강을 따라 내려가요. 가다가 사기꾼도 만나고 노예 누구더라 이름은 모르겠지만 흑인도 만나요. 흑인은 방울뱀한테 물리기도 해요."

경숙이가 끼어들었다.

"어머 방울뱀에 물린 흑인은 죽나요?"

경숙이는 허클베리핀을 끝까지 읽지 않은 것이 확실해졌다.

"아뇨, 살아요."

"그게 가능해요?"

"그러게요."

생머리 혜민이가 끼어들었다.

"그래서 어떻게 되나요?"

"그 후에는 무서운 인간들도 만나서 뗏목이 부서지기도 하죠. 알고 보니 사기꾼들이죠. 뭐, 덕분에 돈을 많이 벌게 되지만……. 허클베리핀은 낭만과는 거리가 먼 완전 생고생 모험소설이죠."

"국문학과라서 뭔가 다르네요."

혜민이가 밝게 웃었다. 내 어깨에 힘이 들어갔다. 나의 유식함이 미인의 감탄과 미소를 이끌어 낸 것이다. 전봇대와 못난이가 나를 보는 눈빛을 보라. 사시미와 병아리가 나를 부러워하는 눈빛을 보라. 이것이 진정한 유식의 승리가 아니고 무엇이겠는가.

영규 형이 끼어들었다.

"소설이나 영화를 보면 항상 정의가 승리하잖아. 왜 그럴까?"

혜민이가 고개를 갸웃거리며 물었다.

"왜 그런데?"

"현실에서 불의가 승리하기 때문이야. 힘이 세고, 남을 속이는 세력이 매번 이기니까 이야기에서라도 정의가 승리하길 바라서 그런 거야."

영규 형이 소주를 따라 마셨다. 나와 사시미, 병아리는 서로의 얼굴을 바라보았다. 영규 형의 정의론이 또 시작된 것이다. 영규 형은 아랑곳하지 않고 말을 이었다.

"세조가 단종을 폐하지 않았다면 어떻게 되었을까? 세조가 왕이 되지 않았다면 성종이 왕이 되지 않았을 것이고, 연산군이 조선을 말아먹지 않았겠지. 조선은 역사와는 다르게 흘러갔을 거야. 그렇게 흘러 흘러갔다면 지금쯤 세상은 다르게 바뀌지 않았을까? 광복 후, 친일파를 앞세운 이승만이 아니라, 독립군의 좌장이었던 백범 김구가 암살당하지 않고 이 나라를 다스렸다면 어떻게 되었을까? 세상은 달라지지 않았을까?"

혜민이 나에게 물었다.

"팔봉 씨는 이 땅에 정의가 있다고 생각하세요?"

혜민이도 운동권이라는 느낌이 강하게 전해져 왔다. 혜민이는 영규 형과 사귀는 사이인가? 나에게 관심이 있어서 이런 물음을 하는 것일까? 짧은 순간에 별의별 생각이 다 들었다.

"그, 글쎄요."

정의에 대하여 생각해 보지 못했던 나는 혜민이의 물음에 대답하지 못했다.

"캠프파이어네. 분위기도 좋은데 노래나 부르자."

장작불 앞에서 술을 마시던 영규 형이 노래를 불렀다.

찢기는 가슴 안고 사라졌던 이 땅의 피울음 있다

부둥킨 두 팔에 솟아나는 하얀 옷의 핏줄기 있다
해 뜨는 동해에서 해 지는 서해까지
뜨거운 남도에서 광활한 만주벌판
우리 어찌 가난하리오 우리 어찌 주저하리오
다시 서는 저 들판에서 움켜쥔 뜨거운 흙이여

어둠이 내려앉은 계곡에서 영규 형의 노랫소리가 울렸
다. 혜민이와 윤정이, 경숙이도 노래를 따라 불렀다. 우리에
겐 생소한 노래였지만 왠지 슬프면서도 좋은 노래였다. '광
야'라는 노래였다. 영규 형은 '임을 향한 행진곡'도 불렀다.

그 노래들이 1980년 5 · 18 민주화운동에 희생된 사람
들을 위해 만들어졌다는 것은 그로부터 몇 년 후에 알게
된 사실이다. 그때, 내 눈에 들어온 것은 혜민이가 영규 형
을 바라보는 눈빛이었다. 혜민이는 영규 형을 좋아하는 것
같았다. 운동권이 되면 미녀의 사랑을 받을 수 있는 것인
가? 아니다. 생머리 미녀 혜민 씨가 영규 형의 정의감에 빠
진 것인지도 모른다.

영규 형은 말했다. 인간은 착한 마음을 가질수록 불행해
진다고. 정직, 희망, 믿음처럼 도덕책에서 말하는 착하게

살아야 한다는 일련의 가르침은 힘 있는 자들이 힘없는 이들을 속박하기 위한 수단이라고. 법을 무시하는 독재자들이 법 없이 살아가는 힘없는 사람들을 법으로 얽매고, 총칼로 위협하여 살아가게 한다고 했다. 세상은 부조리하며 부정과 비리가 판을 치고 있다고 했다. 사람들은 그런 부조리한 세상에서 힘 있는 권력자들의 벙어리와 귀머거리가 되어 노예처럼 바보처럼 살아가고 있다고 했다. 공정하고 평등한 세상을 만들기 위해 깨어난 국민들이 부정과 불의에 맞서 싸워야 한다고 했다. 진정한 민주주의는 그렇게 만들어진다고 했다.

영규 형에게는 미안한 일이지만 그것은 내가 배운 것과는 다른 이야기들이었다. 대통령은 국민이 뽑은 사람인데 그 사람이 나쁜 사람이란 말인가? 정치인들과 재벌들은 또 어떤가? 정치인들도 국민들이 뽑아 준 사람이고, 재벌들은 우리나라를 잘 살게 만든 사람들 아닌가. 아무래도 영규 형은 데모에 너무 빠진 것 같았다.

어떤 신념을 가진다는 것은 대단한 일이다. 그것은 우리 같은 평범한 사람들이 가질 수 없는 것이기 때문에 경외감을 일으킨다. 영규 형의 민주화사랑은 분명 대단한 것이었지만 왠지 나에게는 가슴으로 와 닿지 않았다. 나와는 상관이 없고, 너무 멀리 있는 것 같았다. 내가 잡으려 해도 잡을 수 없는 안개 같은 존재 같았다. 어쩌면 내가 무식하고 어려서인지도 모르겠다. 맞다. 나는 공부를 못하는 어리석은 놈이라서 대학생들의 생각을 모르는 것인지도 모른다.

이날 밤, 우린 영규 형의 정의론을 치킨도 못 먹으며 들어야 했고, 구세주이자 뜻밖의 불청객과 한 텐트에서 자야 했다. 세 명이 눕기 적당한 텐트에 영규 형이 들어오자 꽉 차 버렸다. 엎친 데 덮친 격으로 술에 취한 영규 형이 코를 세차게 골아서 까만 밤을 하얗게 지새워야 했다.

"새끼야, 니가 여자 꼬시자고 말만 안 했어도 이런 일은 없었을 거 아냐?"

"네가 은어를 잡았으면 이런 일도 없었지."

"되지도 않는 소리하네. 내기는 왜 한 거야? 생긴 대로 살아야지. 우리 주제에 여자가 무슨……. 싸다, 싸."

옥신각신하던 우리는 바깥으로 나와 쏟아지는 별들을 바라보며 한숨을 내쉬었다. 낭만이 재처럼 사라진 최악의 밤이었지만 은하수는 찬란하게 반짝이고 있었다.

우리들의 영웅

C산에 다녀온 지 얼마 되지 않아 엄청난 사건이 일어났다. 7월 14일, 기다리고 기다리던 '천녀유혼2'가 개봉한 것이다. 영화 한 편 가지고 엄청난 사건이라고 떠드는 것을 이상하게 생각할 지도 모른다. 하지만 1990년도의 천녀유혼은 질풍노도의 청소년들에게 평범한 영화가 아니었다.

말이 나온 김에 잠시 영화 이야기를 해야겠다. 초등학교, 중학교, 고등학교에는 일 년에 한두 번 정도 학교에서 영화를 보여주었다. 비용이 어디에서 나오는지 모르지만 단체로 영화를 보곤 했다. 학교에서 보는 영화는 대개 반

공영화나 공포영화였다. 재미도 없었고, 따분했다. 공짜는 이유가 있는 것이다.

문화생활과 거리가 멀었던 우리에게 새로운 세상이 찾아왔으니 홍콩 느와르 영화였다. 1986년에 개봉된 영웅본색은 나를 홍콩영화광으로 만들었다. 겨우 중학교 2학년이었지만 각 반마다 선글라스를 쓰고 이쑤시개를 꽂은 주윤발이 나타났고, 영화 주제가를 되지도 않은 발음으로 따라 부르는 것이 유행일 정도였다. 그렇게 홍콩영화는 우리들에게 친숙해졌다. 홍콩영화붐이 한창 무르익을 무렵 나온 핵폭탄급 영화가 천녀유혼이었다.

1987년에 개봉된 천녀유혼은 장국영과 왕조현 주연의 요괴영화였다. 결론부터 말하자면 난 영화를 본 이후부터 왕조현의 노예가 되었다. 아마 내 또래 친구들은 모두 그랬을 것이다. 당시에는 왕조현의 사진 하나쯤은 다들 가지고 있었고, 왕조현의 꿈을 꾸고, 심지어 몽정을 한두 번쯤은 했었다. 주윤발은 우리의 신이었고, 왕조현은 우리의 여신이었다.

주윤발과 왕조현은 이런 인기를 타고 우리나라의 음료수 CF도 출연했다. 홍콩영화에 열광한 우리는 새로운 영화가 나올 때마다 쌈지돈을 털어서 한 시간 거리나 되는 도시에 영화를 보러 갔었다. 천녀유혼에서 보여준 왕조현의 이미지를 잊지 못하는 우리에게 천녀유혼2가 개봉된다는 것은 일대 사건이었다.

1990년 7월 14일, 드디어 천녀유혼2의 개봉일이 되었다. 우리 세 명은 오랫동안 기다리고 기다렸던 영화를 보았다. 왕조현은 여전히 너무 예뻤고, 장국영은 멋있었다. 요괴들의 움직임이 자연스럽지 못했지만 상관없었다. 우린 여우에 홀린 사람처럼 여주인공에 빠져들었다. 왕조현의 아름다운 얼굴을 보는 것만으로도 만족스러웠다. 영화가 끝이 난 후에도 우리들의 왕조현 사랑은 멈추지 않았다.

"야, 왕조현! 죽이지 않냐?"

"죽이더라. 장국영은 좋겠다. 왕조현하고 뽀뽀도 하고."

"뽀뽀만 하겠냐?"

"새꺄, 걔들은 배우야. 배우가 연기하는 거지. 둘이 사귀기라도 하는 것 아니잖아."

"맞아. 장국영은 홍콩에 애인 있어. 재벌집 딸이라더라."

"내가 장국영이라면 왕조현하고 사귀겠다."

"나도 나도."

"아! 배우는 정말 좋겠다."

"부러우면 너도 배우해라."

"새꺄, 내 얼굴이 배우할 얼굴이냐?"

"하긴……."

사시미와 병아리가 키득거리며 웃었다. 바로 그때였다.

"야. 거기, 세 놈. 이리 와 봐."

골목길 앞에서 불량한 육식동물 하나가 손가락을 까닥거리고 있었다. 왕조현 때문에 육식동물에 대한 경계를 늦추는 사이에 인적이 드문 시장 골목길로 들어선 것이었다. 이 도시의 영화관들은 사람들이 많이 찾는 시장 안에 있었다. 시장 안에는 로라스케이트장도 있었는데 그곳은 일진들의 아지트라고 할 수 있었다.

항상 돈에 목이 마른 일진들에게 우리 같은 초식동물들은 쉬운 먹잇감이었다. 덩치가 크고 불량하게 생긴 두 녀석은 우리학교 학생이 아니었다. 녀석들은 거미줄을 치고 먹잇감이 걸리기만을 기다리는 거미 같았다. 우린 운 없이 거미줄에 걸린 똥파리 세 마리였다.

"야! 이리 좀 와 봐."

녀석들은 불량한 얼굴로 바닥에 침을 뱉으며 손가락을 까닥거렸다. 우린 서로의 눈치를 살폈다. 도망칠 기회를 노리는 것이다. 하지만 상대는 뻥을 친 경험이 풍부한 녀석이었다.

"안 와? 죽는다."

녀석의 얼굴에서 풍기는 살벌한 아우라에 우리는 기가 죽었다. 혹시 고양이가 쥐를 잡아먹는 광경을 본 적이 있는가? 쥐는 고양이의 눈을 보는 순간 정신이 나간다. 마치 혼이 빠진 것처럼 움직이지 않거나 비틀거린다. 고양이는 혼이 빠진 쥐를 마음껏 가지고 놀다가 잡아먹는 것이다.

우리는 마치 혼이 나간 쥐 같았다. 우리는 마치 고양이의 최면에 걸린 것처럼 머리를 푹 숙이고 힘없이 골목 안으로 끌려갔다. 얼빠진 쥐 세 마리가 벽을 등지고 떨고 있었고, 고양이 두 마리가 날카로운 이를 드러냈다.

"가진 돈 있으면 내놔."

험상궂게 생긴 고양이 한마리가 껌을 질겅질겅 씹으며 손을 내밀었다. 이것은 예정된 수순이었다. 하느님도 무심하시지, 부모님은 우릴 왜 이렇게 약하게 낳아주셨을까?

우린 타고난 팔자를 탓하면서 호주머니를 뒤적거렸다. 바로 그때였다.

"팔봉아, 거기서 뭐하냐?"

골목길 끝에서 누군가가 우릴 바라보고 있었다.

아! 하늘이 무너져도 살아날 구멍이 있다더니, 구원자가 나타난 것이다. 녀석의 이름은 김창식. 창식이는 초등학교 때 단짝이었다. 중학교 2학년 때 우리 동네에서 이사를 갔는데 고등학교에 전학 와서 창식이를 다시 만났다. 아는 사람 하나 없는 외지에서 내가 창식이를 얼마나 반가워했는지는 말하지 않아도 짐작할 것이다. 창식이는 몇 년 사이에 키도 크고 덩치도 커져 있었다. 무엇보다 창식이는 우리학교에서 주먹깨나 휘두르는 녀석이었다.

"창식아."

나는 살려달라는 텔레파시를 담뿍 담아 말했다. 내 구원의 텔레파시를 눈치챈 창식이는 터미네이터처럼 성큼성큼 다가왔다. 두 손을 주머니에 찔러 넣은 채 말이다. 멋있는 자식 같으니라고.

"넌 뭐야?"

불량 고양이 두 마리가 창식이 앞을 가로막았다.

"이 새끼 봐라. 죽고 싶어?"

"뭐?"

두 놈이 종잇장 구기듯 오만상을 찌푸리며 창식이를 노려보았다.

창식이가 피식 웃었다.

"웃어?"

두 고양이의 눈이 왕방울처럼 커졌다.

"어? 저게 뭐지?"

두 고양이가 무의식중에 창식이가 가리키는 곳을 바라보았다. 바로 그 순간이었다. 호주머니에 숨겨 놓았던 창식이의 주먹이 벼락같이 날아갔다. 말로만 듣던 선빵이었다. 창식이의 묵직한 주먹이 녀석의 턱에 적중하였다. 턱을 맞은 녀석은 허수아비처럼 쓰러졌다. 잇달아 창식이의 주먹이 다른 녀석의 복부와 턱에 꽂혔다. 고양이 두 마리가 배를 잡고 바닥으로 쓰러졌다. 말을 보태지 않고 이것은 영화 같은 광경이었다. 전광석화같은 창식이의 모습이 슈퍼미들급 챔피언 박종팔 같았다.

"자도 없는 새끼들이 어디서 삥을 뜯고 지랄이야?"

창식이가 쓰러진 두 녀석을 무자비하게 짓밟았다.

"사, 살려주세요."

두 녀석이 비명을 질렀다.

"새끼들, 꿇어."

창식이의 말이 떨어지기 무섭게 두 녀석이 무릎을 꿇고 손을 모아 빌었다. 이것은 마치 성난 사자 앞의 하이에나 요, 성난 사냥개 앞의 고양이 같았다. 일시에 전세가 역전 이 되었다.

"자, 잘못했습니다."

코피가 터진 두 녀석이 손이 발이 되도록 빌었다. 우리 세 사람은 누가 먼저라 할 것 없이 창식이 뒤에 서서 눈을 부라렸다. 육식동물을 아래로 내려다보는 기분이란 묘한 것이다. 그래서 호랑이 뒤에 여우가 왕 노릇하는 모양이 다. 창식이가 손을 펼치며 말했다.

"애들한테 뺏은 돈 다 내놔."

"애들한테 뺏은 돈 없습니다."

"없어? 이 새끼들 봐라. 만약 주머니에서 돈 나오면 10 원에 한 대다."

무릎을 꿇은 두 마리 불량 고양이들의 면상이 심하게 구 겨졌다. 어째 상황이 거꾸로 된 것 같았다.

"곡소리 나기 전에 알아서 해라."

불량 고양이 두 마리가 호주머니를 뒤져 배춧잎 몇 장을 창식에게 바쳤다. 배춧잎 세 장, 무려 3만 원이나 있으면서 우리 주머니를 털려 하다니, 정말 나쁜 새끼들이다. 과욕은 화를 부르는 법이니 누구를 탓할까? 불량 고양이들에게 돈을 받은 창식이가 말했다.

"앞으로 이 근처에서 삥 뜯다가 걸리면 죽는다. 알았어?"

"네, 알겠습니다."

"꺼져."

두 놈이 발바닥이 안 보이도록 달아났다.

"이 새끼들, 어디서 행패야. 눈깔이 썩었나? 뵈는 게 없어? 다 덤벼."

나는 창식이 앞으로 뛰어나와 주먹을 휘두르며 소리쳤다. 창식이가 고개를 돌려 우리에게 말했다.

"모두들 괜찮냐?"

창식이 얼굴에서 광채가 쏟아지는 것 같았다. 아마 사시미와 병아리도 그렇게 생각했을 것이다.

"네 덕분에 괜찮아. 한 대도 안 맞았어."

병아리와 사시미는 말없이 고개만 끄덕였다.

"가자."

우린 창식이와 골목길을 나왔다. 큰길로 나오자 안심이 되었다. 역시 초식동물들은 큰길로 다녀야 한다.

"창식아, 너 아니었으면 큰일 날 뻔했다."

나는 창식이와 친구인 것을 자랑하듯 어깨를 펴며 창식이에게 말했다.

"그러게."

창식이가 씨익 웃었다. 병아리와 사시미의 얼굴을 보라. 초식동물 주제에 상급육식동물과 친구하는 나를 부러워하는 루저들의 얼굴을.

창식이가 말했다.

"뭐 먹고 싶은 거 없냐? 내가 사줄게."

병아리가 끼어들었다.

"치킨 먹으러 가자. 내가 살게."

"아냐, 내가 살게. 우리 생명의 은인이잖아."

사시미가 음흉한 미소를 지으면서 호주머니 속에 있던 만 원을 펼쳐들었다. 이 사건으로 우린 든든한 배경 하나를 얻었다. 초식동물에게 육식동물 친구가 생긴 것이다.

엄밀히 말하자면 창식이는 육식동물은 아니다. 굳이 말하자면 힘이 센 초식동물이다. 황소과라고 보면 된다. 우린 문과였고 창식이는 이과여서 반은 달랐지만 절친이 되는 것은 어려운 일이 아니다. 자주 만나면 되는 것이다.

학교에서는 매점에서 창식이와 자주 만났고, 학교가 끝나면 내 자취방에 함께 모였다. 우린 창식이가 필요한 체육복이나 교련복, 교과서도 빌려주었다. 창식이는 우리들의 영웅이니까 그 정도는 아무것도 아니었다. 든든한 창식이 덕분에 우린 당구장에도 갈 수 있었고, 로라스케이트장도 갈 수 있었다. 육식동물이 무서워 방구석에서 쳐 박혀 있던 우리에게 봄날이 찾아온 것이다.

사실 창식이가 나의 자취방을 매일 찾아온 것은 이유가 있었다. 창식이의 아버지는 주사가 심했다. 사업이 잘 안 되는지 술만 마시면 행패를 부렸다. 창식이 아버지의 주사는 우리 동네에서 유명했다. 동네에서 맞은 사람도 많아서 구치소에 들어가기도 했고 적지 않은 합의금을 물리기도 했다. 창식이가 중학교 때 동네를 떠나 A시로 이사를 간 것도 말하자면 아버지의 주사 때문이었다.

창식이는 어려서부터 아버지의 술주정을 감당하면서 살

124

앉다. 창식이의 아버지는 덩치가 엄청 커서 고등학생인 창식이도 감당이 안 되었다. 창식이에게 내 방은 집에서 벗어날 수 있는 유일한 도피처이기도 했다. 창식이가 내 방을 찾아올 때면 사정을 짐작했다. 창식이는 아무렇지 않은 척했지만 나는 다 알고 있었다. 그날도 10시 무렵, 창식이가 찾아왔다.

방안에는 나와 병아리가 만화책을 보고 있었다. 방안으로 들어온 창식이는 무거운 얼굴로 말없이 방안에 누웠다. 창식이는 팔뚝으로 얼굴을 가리고 있었다. 오늘도 아버지의 술주정에 시달렸던 모양이었다.

"창식아, 괜찮냐?"

"어디론가 떠나고 싶다."

창식이가 무겁게 말했다.

"1년만 참으면 되잖아."

"하루가 1년 같아."

녀석의 쳐진 목소리에서 깊은 고통이 느껴졌다. 대체 술이 뭔지. 사람은 왜 술을 먹는 것일까? 사람들은 술을 기쁘고 즐겁고 힘들고 괴로울 때 마신다고 한다. 심심해서 마신다는 사람도 있다. 마시면 기분이 좋아지기 때문에 마신다는 것이다. 하지만 술로 인해 타인이 당하는 괴로움이 있다는 것도 알아야 한다. 음주 운전뿐만 아니라 주사도 그렇다. 아버지의 주사로 인해 가족이 당하는 고통은 상상을 초월한다. 폭력적인 아버지는 세상에 대한 불만을 아내와 자식에게 풀어놓는다. 아내와 자식은 죄 없이 불행의 나락으로 빠져드는 것이다. 술주정이 있는 사람은 자신의 몸을 망치고 가정까지 망친다는 것을 알아야 한다.

창식이는 공부도 곧잘 하는 녀석이었다. 머리도 좋아서 중학교 1학년 때 전교 1등도 했었다. 하지만 점점 성적이 떨어졌다. 아버지가 하루가 멀다 하고 술을 마시고 행패를 부리니 공부가 될 리 없었다. 지금도 창식이가 학교에서 중간 정도의 성적을 유지하고 있는 것은 대단한 거다. 우리 아버지 같았다면 매일 업고 다녔을 것이다. 신은 왜 저렇게 착한 녀석에게 술주정이 심한 아버지를 주셨단 말인가.

그리스의 절대신 제우스는 상자 하나를 판도라에게 주면서 인간세상에서 절대 열어보면 안 된다고 말했다. 호기심이 동한 판도라는 상자를 열었고, 인간의 모든 불행과 재앙이 그 속에서 쏟아져 나왔다고 한다. 놀란 판도라가 다급히 상자를 닫았을 때 판도라는 그곳에 희망 하나가 덩그러니 남아 있는 것을 보았다고 한다.

나는 이 이야기가 문제 있다고 생각한다. 제우스는 왜 판도라에게 상자를 주면서 열어보지 말라고 했을까? 처음부터 상자를 주지 않았다면, 제우스가 판도라에게 상자를 열어보라는 말을 하지 않았다면, 이 세상에 불행과 재앙은 존재하지 않았을 것이다. 결론적으로 말하면 제우스는 판도라라는 희생양을 통해 인간에게 희망 하나만 달랑 남겨 주고 불행과 재앙을 전파한 것이다.

제우스는 인간의 불행을 즐기는 이상한 취미를 가진 신이다. 그는 불행과 재앙으로 인간을 극한의 상황까지 몰아붙이곤 인간이 스스로 극복해 가는 과정을 즐기는 이상 성격의 소유자인지도 모른다. 눈에 보이지 않고 만질 수도 없는 신이 인간을 구원할 수 있을까? 고난에 빠진 사람에게 용기를 줄 수 있는 건 신이 아니라 사람이다.

"창식아, 힘들면 나하고 같이 있자. 짐 싸들고 와라."

창식이가 팔을 풀어 나를 올려다보았다. 그리곤 말없이 웃었다. 병아리가 끼어들었다.

"내 방도 있다. 힘들면 와도 돼."

"생각해 볼게."

창식이는 싱겁게 웃더니 만화책으로 얼굴을 덮고 잠이 들었다. 그 후, 창식이는 간간히 내 방에서 자고 가곤 했다. 하지만 겨울방학이 끝나고 3학년이 되었을 때 우리들의 영웅 창식이는 더 이상 우리의 아지트에 나타나지 않았다.

수학여행

입시를 제일로 생각하던 시대에 수학여행은 학교의 요식행사 같았다. 하지 않아도 되지만 규정상 한 번은 반드시 해야 하는 필연적인 학교행사 말이다.

2박 3일간의 설악산 수학여행. 사실 우리 같은 초식동물에게는 별 의미가 없는 수학여행이라고 할 수 있었다. 왜냐하면 선생님들이 맞춰놓은 여행코스를 따라가면 되는 것이니까 말이다. 하지만 그럼에도 불구하고 수학여행이 좋았던 것은 갑갑하던 학교를 벗어나 2박 3일이나 놀 수 있다는 것이었다.

하지만 수학여행지가 마냥 좋은 것만은 아니었다. 그곳

역시 초식동물들에겐 육식동물이 우글거리는 정글이나 마찬가지였다. 장소만 바뀐 것뿐이다.

우리들을 실은 버스는 속초에 들러 점심을 먹고 통일전 망대를 구경한 후 저녁 무렵 설악산 여관동네에 도착했다. 우리의 숙소 맞은편에는 다른 지역에서 온 학생들이 자리를 잡고 있었고, 속속들이 버스가 도착해서 학생들을 풀어놓았다. 학생들이 개미떼 같았다. 여관동네가 학생들로 시장바닥이 되는 것이다. 아니 시장바닥이 아니라 사파리가 된다고 하는 게 옳을 것이다.

텅 빈 사파리에 사자들을 풀어놓으면 제일 먼저 하는 것이 서열을 정하기 위해 피터지게 싸우는 것이다. 2박 3일밖에 안 되는 수학여행에서 학교를 대표하는 육식동물들은 다른 학교와의 서열에서 이기기 위해 종종 충돌하기도 한다. 그런 불상사를 방지하기 위해 학생주임선생님이 있는 것이다.

수학여행의 안전을 책임지는 학생주임선생님은 만에 하나 일어날 불상사에 대비해서 두 눈을 부라리며 감독체제에 들어가셨다. 그것은 다른 학교도 마찬가지여서 영화에서 종종 등장하는 대규모의 패싸움은 원천적으로 어려웠다. 또한 선남선녀가 짝을 찾는 일도 현실에서는 쉽지 않은 일이었다. 하지만 코스가 비슷하기 때문에 남녀학생들 사이에 시비가 일어나거나 눈이 맞아 편지로 연락이 되는 경우도 드물게 일어나기도 했다.

수학여행의 밤에는 육식동물들의 장난이 시작된다. 일찍 자는 녀석들은 육식동물들의 표적이 되기 십상이다. 놈들은 방안에서 몰래 저희들끼리 술을 마시다가 초식동물들이 잠이 들면 매직으로 얼굴에 낙서를 하거나 발가락 사이에 불총을 놓거나 고추에 치약을 바르는 뻔한 장난을 하곤 했다. 중학교 때부터 해 온 뻔한 장난인데도 반복해서 하려는 것을 보면 머리가 나쁜 놈들인 것이다.

우리 같은 초식동물들은 되도록 잠을 자지 않으려고 노력하지만 다음날 아침 처참한 흔적을 거울 속에서 발견하곤 한다. 나도 예외는 아니어서 내 얼굴은 펜더가 되어 있었다. 사시미는 얼굴에 험상궂은 칼자국이 어지럽게 그려져 있었고, 병아리는 둥근 안경에 스페인 선장처럼 수염이 잔득 그려져 있었다. 아이들은 서로를 보면서 웃었지만 사실 웃는 게 웃는 게 아니다. 조용필의 노래 가사처럼 웃고 있지만 눈물이 난다.

'어머니, 왜 이렇게 약하게 낳아주셨나요.'

세면장에서 얼굴에 그려진 낙서를 지우면서 나는 속으로 울부짖었다. 아무리 빡빡 지워도 유성 매직은 깨끗하게 지워지지 않는다. 이런 꼴로 등산을 가야 한다는 사실이 나를 절망시켰다. 다행히 사시미 녀석이 이태리타올을 구해와서 유성매직을 얼마간 지울 수 있었지만 전날의 흔적이 얼굴에 약간이라도 남게 된 것은 어쩔 수 없는 일이었다.

아침식사를 마친 후 우리는 일정대로 산행을 시작했다. 경주도 아니고, 설악산에서 할 수 있는 게 무엇일까? 등산밖에는 없었다. 공원으로 가기 위해 여관을 나왔을 때 우린 엄청난 학생들을 발견할 수 있었다. 여관방에 갇혀 있던 학생들이 쏟아져 나온 것이었다. 예쁜 여학생들도 많았다. 등산 간다고 한 발 나온 입이 쑥 들어가 버렸다. 나도 남자지만, 남자들은 이렇게 단순하다.

학생들의 긴 줄이 설악산으로 이어졌다. 소공원입구에서 단체사진을 찍은 후 비룡폭포에 갔다가 돌아오는 코스였다. 소공원에서부터는 자유롭게 움직일 수 있었다. 선생님도 수많은 아이들을 일일이 통제할 수는 없기 때문이다. 나와 사시미, 병아리는 비룡폭포를 향해 올라갔다.

사실 등산이란 것은 산을 올라간다는 말이다. 나무와 바위 사이로 난 길을 걸으며 주변의 경치를 바라보는 것이다. 그런 경치라면 언제 어디에서도 볼 수 있다. 하지만 우리가 비룡폭포로 올라가는 이유는 아름다운 경치보다 여학생들 때문이다. 왠지 좋은 일이 있을 것 같은 느낌. 지금 생각해도 남자들은 단순하기 이를 데 없다.

소공원에서 우린 표적을 정하기로 했다. 이왕이면 다홍치마라고 예쁜 애들의 뒤를 졸래졸래 따라가다 보면 좋은 기회가 생길까 해서였다. 그렇다고 우리가 변태는 아니다. 우린 혈기왕성하지만 소심한 남학생들이다.

미어캣처럼 사방을 살피던 병아리 녀석의 얼굴이 움직일 줄을 몰랐다. 육식동물이 아닌 여자였다. 단발머리의 여학생 세 명이었는데 가운데 있는 여자애가 한눈에 들어오는 미인이었다. 나머지 두 명도 봐줄 만한 얼굴이었다. 말하지 않아도 알 수 있다. 특히 친한 친구 사이일 때는 말이다. 우린 자연스럽게 세 여학생들의 뒤를 따라갔다.

소공원에서 비룡폭포까지는 2.4Km 코스였다. 여학생하나가 카메라를 가지고 있어서 비룡교에서부터 사진을 찍기 시작했다. 자연히 우린 여학생들을 지나쳐서 앞서 나가게 되었다. 하지만 휴게소에서 시간을 끌어서 우리는 다시 여학생들 뒤를 따라가게 되었다. 지금 생각하면 진상 같은 짓이 그땐 왜 그렇게 재미있었는지 모르겠다. 앞서 가던 여학생 하나가 또 사진을 찍었다. 따라가던 우리가 또다시 앞서 나가게 되는 상황이었다. 그 순간, 병아리가 다가가 말을 걸었다.

"단체사진 찍어드릴까요?"

여학생들이 서로를 바라보았다.

사실 이것은 병아리가 단순히 추파를 던진 것이 아니었다. 치밀한 계산이 들어간 것이다. 휴게소에 먼저 도착한 우리는 여학생들에게 말을 걸기로 했다. 사진을 찍어준다는 것을 미끼로 접촉을 시도하기로 한 것이다. 여학생들은 세 명이 사진을 찍고 있었기 때문에 독사진이나 두 명 밖에는 찍을 수 없다. 단체사진을 미끼로 말을 건네기로 한 것이다. 말을 거는 사람은 가위바위보로 정한 것이 아니라 병학이가 스스로 지원했다. 소심한 녀석이 지원한 것을 보면 마음에 드는 여학생이 있는 모양이었다.

"좋아요."

사진기를 들고 있던 여학생이 병학이에게 내밀었다.

"빙고."

나는 사시미에게 고개를 돌렸다. 순간 사시미의 얼굴이 일그러졌다. 고개를 돌려보니 병학이의 뒤에 키가 큰 녀석 두 명이 서 있었다. 한 녀석이 병학이가 들고 있어야 할 카메라를 들고 있었다. 병호와 지원이였다. 병호는 우리학교에서 싸움으로 다섯 손가락 안에 드는 육식동물이었다. 키가 크고 얼굴이 잘생겨서 기생오라비라는 별명이 있었다. 지원이라는 녀석은 병호의 단짝 육식동물이었는데 로라스케이트를 잘 타고 스케이트장에서 여자를 잘 꼬신다고 해서 로라제비라는 별명이 있었다.

"사진은 내가 찍어줄게."

병호가 눈에 힘을 주었다. 순순히 꺼지면 때리지는 않을 게라고 말하는 것 같았다.

"그, 그래."

기가 죽은 병아리가 몸을 돌려 우리에게 다가왔다. 병아리의 얼굴이 붉게 상기되어 있었다. 나와 사시미는 고개를 돌려 다른 곳을 바라보았다.

"망했다."

얼굴이 시뻘게진 병아리가 중얼거렸다. 녀석도 분한 모

양이었다. 병호와 지원이 녀석은 여학생들에게 사진을 찍어주며 이야기를 나누고 있었다. 기생오라비가 뭐라고 했는지 여학생들이 꺄르르 웃었다. 로라제비도 여학생들을 웃겼다. 사진을 찍은 후 다섯 명이 함께 산으로 올라가기 시작했다. 기생오라비와 로라제비의 작업이 성공한 것 같았다.

"죽 쒀서 개줬네."

사시미가 중얼거렸다.

뜻밖의 복병이 나타날 줄이야. 나는 슬그머니 병아리를 바라보았다. 병아리 녀석은 얼굴이 붉으락푸르락해져서 앞서 가는 여학생들을 바라보고 있었다.

"우리 그냥 돌아갈까?"

병아리가 무심하게 말했다.

"따라가자."

"새끼야, 넌 쪽팔리지도 않나?"

"쪽팔리지만 여기까지 왔는데 비룡폭포는 보고 가야지."

곁에 있던 사시미가 킥킥 웃으며 말했다.

"우리 하는 게 그렇지 뭐. 본래 없던 여자 복이 갑자기 생길 리가 있냐? 여기까지 왔는데 비룡폭포는 구경하고 가자."

퇴짜 맞고 강탈당하는 것은 우리들의 일상이었다. 우린 늘 그렇듯 아무렇지도 않게 발걸음을 옮겼다. 여학생들과 기생오라비 두 놈은 죽이 맞은 것처럼 수다를 떨면서 걸어가고 있었다. 나는 왠지 모르게 속이 부글부글 끓어올랐다.

"기생오라비와 로라제비가 뭐가 좋다고 저래? 머리는 텅 비어서 여자애들만 꼬시고 놀기만 하는 놈들을 말이야."

사시미가 말했다.

"잘생겼잖아. 남자들이 예쁜 애들 좋아하듯 여자애들은 잘생긴 애들 좋아해."

"맞아."

병학이가 거들었다. 뭐라고 대꾸할 말이 생각나지 않았다. 남자든 여자든 예쁘고 잘생긴 것을 좋아하긴 한가지다. 머리가 나쁘건 지능이 떨어지건 예쁘고 잘생기면 호감이 가는 거다.

"내가 화나는 건 여자들이 겉모습만 보고 판단하는 거야. 날라리건 양아치건 사기꾼이건 상관없이 겉만 보잖아. 안 그래?"

"그건 맞아."

사시미가 맞장구를 쳤다.

"카바레 제비들 봐라. 번지르르한 외모에 빠졌다가 패가망신하잖아."

"맞아. 맞아."

우린 화풀이라도 하듯이 궁시렁거렸다. 사실 우리 같은 초식동물들이 뭘 할 수 있겠나? 우린 여자애들한테 말도 제대로 걸지 못한다. 힘도 없고 공부도 못한다. 그렇다고 잘 놀길 하나. 우린 아무짝에도 쓸모없는 멍청이들이다.

병아리 녀석은 말없이 앞서 걸었다. 대꾸라도 할 텐데 녀석은 오늘따라 말이 없었다. 무슨 일이 있는 것일까? 녀석은 앞서가는 여학생을 뚫어지게 바라보고 있었다. 갑자기 한 가지 생각이 들었다.

"병학아."

"왜?"

"너 저 애 좋아하냐?"

"아니, 아니다."

녀석의 얼굴이 가을바람에 물든 단풍 같았다.

"새끼, 첫눈에 반한 거 아냐?"

나는 단풍이 된 병아리를 바라보았다. 아무래도 느낌이

달랐다. 녀석은 말을 건 여학생에게 빠진 거다. 소공원에서 병아리가 여학생을 지적했을 때, 용기를 내어 스스로 말을 걸겠다고 나섰을 때 알아봤어야 했다.

"불쌍한 녀석."

사시미가 혀를 차며 중얼거렸다.

짝사랑은 온전히 우리의 몫이다. 힘없는 초식동물에게 홀로 하는 사랑은 일상에 가까웠다. 혼자 사랑하고, 혼자 애태우다가, 혼자 슬퍼하고, 혼자 떠나보낸다. 뭐 하나 내세울 것이 없는 초식동물은 힘센 경쟁자에게 사랑을 빼앗기기 일쑤였다. 어쩌면 이것은 힘없는 초식동물의 숙명이기도 했다.

"자식, 힘내라."

나는 병아리의 어깨를 두드려주었다. 앞서 가던 여학생들은 육담폭포에서 사진을 찍고 있었다. 단체사진을 찍던 여학생들이 이번에는 독사진을 찍었다. 병학이가 좋아하는 여학생이 등산로를 벗어나 매끈한 바위로 올라갔다. 여학생이 포즈를 잡았고, 기생오라버니가 손짓을 했다. 여학생이 점점 뒤로 물러났다. 사진에 빠진 여학생은 기생오라버니가 시키는 대로 포즈를 잡았다.

병아리가 멈춰 서서 중얼거렸다.

"위, 위험한데……."

말이 떨어지기 무섭게 여학생이 미끄러졌다.

"어맛!"

여학생은 단발의 비명을 지르며 미끄럼틀을 타듯이 시퍼런 폭포 속으로 빠져들었다.

"사람 살려요."

여학생이 폭포 속에서 허우적거리며 비명을 질렀다.

"사람이 빠졌다."

비룡폭포로 올라가던 사람들이 일시에 모여들었다. 멍하게 여학생을 내려 보던 기생오라버니는 카메라를 여학생의 친구에게 건네곤 산위로 뛰어갔다. 로라제비도 기생오라비를 따라 갔다.

"사람 살려요."

여학생이 물속에서 허우적거렸다. 근처의 학생들이 발을 동동 굴렸다. 주위에는 선생님도 없었다.

"야, 어떡하냐?"

사시미가 물었다.

"구하자."

갑자기 병아리가 등산로를 벗어나 매끄러운 바위를 미끄러지며 폭포 속으로 뛰어들었다. 병아리의 모습은 슈퍼 영웅 같았다. 시퍼런 물속으로 뛰어든 병아리가 멋있게 여학생을 구할 줄 알았지만 우리의 생각과 현실은 반대였다. 발버둥을 치던 여학생은 물속으로 들어온 병아리의 머리를 잡고 저만 살겠다고 몸부림쳤다.

"사, 사람 살려."

병아리는 물속에 처박혀서 발버둥을 쳤다. 이젠 한 사람이 아니라 두 사람이 죽을 판이었다.

"큰일 났다."

나와 사시미는 병아리가 빠졌던 바위로 올라갔다. 우리 뒤로 여학생의 친구들이 발을 동동 구르며 소리쳤다.

"뭐해요? 어서 구하지 않고?"

언제 봤다고 반말인지……. 아래를 보니 엄청 무서웠다. 무엇보다 옷이 젖으면 어떡해야 하나 걱정이 되었다.

"뭐하노? 자슥아, 병아리 죽는다."

사시미가 갑자기 나를 떠밀었다. 이건 순식간에 일어난 일이었다. 이끼가 있는 바위는 미끄러웠다. 나는 떠밀려서 육담폭포로 미끄러졌다. 너무 놀란 나는 물에 빠진 사람

지푸라기라도 잡듯 사시미의 손목을 움켜잡았다. 사시미의 얼굴이 기묘하게 일그러졌다.

"에, 엑."

우린 자의반타의반으로 동시에 육담폭포 아래로 미끄러졌다. 폭포 속으로 빠져들기 무섭게 입과 코로 물이 들어왔다. 그 짧은 순간 내가 수영을 못한다는 사실을 깨달았다. 설상가상으로 발버둥을 치는 여학생이 내 머리를 잡아 물속으로 밀어 넣었다. 나는 숨을 쉬지 못하고 발버둥을 치며 꼴깍꼴깍 물만 먹었다.

물에 빠져 죽는 것이 이렇게 괴로울 줄이야. 이런 곳에서 죽을 줄은 몰랐다. 그래도 살아보자고 죽어라 발버둥을 치니 발이 땅에 닿았다. 땅을 차고 몸을 일으켜 숨을 몰아쉬었다. 숨을 쉬니 외출했던 정신이 제자리로 돌아왔다.

나와 병아리가 여학생에게 머리를 잡혀 물속에서 물을 먹고 있는 사이에 사시미가 여학생의 머리카락을 잡아당겨 얕은 곳으로 이동한 것이었다. 사시미가 음산한 얼굴로 웃고 있었고, 뜻밖의 사고에 놀란 여학생은 흐느껴 울었다. 나와 병아리는 물이 뚝뚝 떨어지는 꽹한 얼굴로 서로를 바라보았다.

사람들이 우리 주위로 몰려들었다. 같이 다녔던 여자애들이 여학생에게 괜찮냐고 물었고 사람들 사이에서 선생님 한 분이 나오셨다.

"괜찮은 거니?"

여학생이 고개를 끄덕였다.

"큰일 날 뻔했다. 어서 가자."

선생님이 여학생을 부축하여 산 아래로 내려갔다. 사람들이 흩어졌다. 아무도 우리에게 관심이 없었다. 허탈한 기분이 들었다. 우린 천천히 몸을 일으켰다. 흠뻑 젖은 신발이 발걸음을 땔 때마다 뻑뻑 소리를 내면서 매끈한 바위에 발자국을 만들었다.

육담폭포를 벗어나서 우린 바위에 걸터앉았다. 우리의 모습은 흡사 비 맞은 생쥐 같았다. 지나가는 사람들이 우릴 흘깃흘깃 바라보았다. 동물원의 동물이 되어 버린 것 같았다. 수학여행 간다고 새로 산 청바지에서 파란물이 뚝뚝 떨어졌다.

"이게 뭐냐? 고맙다는 말도 못 듣고……. 갠 우리가 아니어도 누군가가 구했을 텐데……. 스타일 완전 구겼다."

병아리가 희미한 웃음을 지으며 말했다.

"어쨌든 고맙다. 니들 아니었으면 나도 죽을 뻔했다."

사시미가 병아리의 어깨를 두드리며,

"새끼야, 우린 친구 아이가. 근데 너, 오늘 좀 멋있더라. 그치 않냐?"

하고 나를 바라보았다.

나는 팔짱을 끼고 사시미를 노려보았다.

"멋있긴 개뿔. 근데 사시미, 넌 나를 왜 밀었는데?"

사시미가 손을 저으며 말했다.

"내가 안 밀었다."

"새끼야, 니가 밀었잖아."

"내가 민 게 아니고, 누가 날 밀었다."

"누가 널 밀어?"

"모르겠다. 그 여학생 친구 같더라."

병아리가 어이없다는 듯이 말했다.

"니들 나를 구하려고 뛰어든 것 아니었어?"

"지금 그게 중요한 것이 아니다. 너는 거길 왜 뛰어들었는데?"

사시미가 맞장구를 쳤다.

"사실대로 말해 봐라. 니, 그 여학생 구하려고 한 것 맞지? 맞지?"

나는 병아리를 다그쳤다. 오늘 녀석은 평소의 병아리가 아니었다. 오늘은 병아리가 아니라 솔개쯤 되어 보였다. 병아리가 한숨을 내쉬며 말했다.

"사실은 한눈에 반했다. 완전 내 이상형이더라."

사랑에 빠지면 슈퍼맨이 되는 모양이다. 병아리는 구해 준 여학생의 연락처를 얻지 못한 것이 아쉬운 모양이었다.

"어느 학교 다니고, 이름이 뭔지 알아 봐 줄까?"

"됐다."

병아리가 착잡한 표정으로 바위에 누웠다. 우리도 젖은 몸을 따뜻한 바위에 뉘었다. 숲에서 새가 지저귀고, 파란 하늘에 흰 구름이 한가롭게 흘러가고 있었다.

비룡폭포까지 가려던 계획은 이 사건으로 무너져서 우린 물이 뚝뚝 떨어지는 몰골로 여관방으로 돌아왔다. 병아리의 운명적 사랑도 끝난 것이라 생각했다. 그런데 사건은 그것으로 끝난 것이 아니었다. 우리가 체육복으로 갈아입고 저녁을 먹을 때쯤 우리가 구해 준 여학생과 선생님이 우리 여관으로 찾아왔다.

선생님과 여학생은 우리에게 감사의 인사를 했다. 학생

주임선생님은 우리의 용감함을 저녁식사 자리에서 칭찬해 주었다. 우리가 영웅이 되어 있을 때 기생오라버니와 로라 제비 녀석은 식당의 구석 탁자에 앉아서 똥 씹은 표정을 하고 있었다.

나중에 알게 되었지만 병아리는 우리 모르게 여학생에게 연락처를 받았고, 펜팔로 만남을 이어가더니 10년 후 첫눈에 반해 버린 운명의 여학생과 결혼에 골인했다. 녀석은 낚시의 고수였고, 수학여행의 진정한 승자였다.

희망과 절망 사이

나처럼 공부에 뜻이 없는 인간에게 방학처럼 괴로운 것이 있을까? 설날 아침부터 아버지는 나를 기죽이셨다.

"팔봉아, 이제 3학년이지?"

"네."

"넌 뭐가 될 거냐?"

"……"

사실 난 할 말이 없다. 내가 뭐가 될 거라는 생각을 해본 적이 없기 때문이다.

"너, 공장 갈 거냐?"

이럴 때 나는 가슴에서 뭔가 울컥하고 올라오는 것을 느

낀다. 아버지는 내가 공부를 못한다고 이렇게 비꼬는 것이다. 공부를 잘해야 인간인가? 공부를 못하는 사람은 공장에 가야 하는 것인가? 이럴 땐 죄인이라도 된 것처럼 꾹꾹 눌러 참고 있는 나도 반항심이 생긴다.

"공장이라도 가죠 뭐."

아버지가 버럭 소리를 질렀다.

"뭐? 이놈의 새끼야. 그럴 거면 인문계 고등학교는 뭐하러 갔어?"

"내가 가고 싶어 갔나요? 아버지가 인문계 가라고 하셨잖아요. 이럴 거면 처음부터 공고에 갔을 거예요."

"이놈의 새끼 하는 말 봐라. 그럴 거면 학교고 뭐고 당장 때려치워."

"때려치우면 되죠. 아버지 소원대로 공장가면 되잖아요."

"이 놈의 새끼가 입만 살아가지고는……."

나는 설날 아침부터 아버지한테 늘씬하게 맞았다. 엄마가 말리지 않았으면 나는 정말 장마에 먼지가 나도록 맞았을 것이다. 나는 가출한 창식이가 이해가 되었다.

아버지는 항상 내가 공부를 못한다고 무시하셨다. 공부

를 잘해야 훌륭한 사람이 되는 것인가? 공부를 잘해야 돈을 많이 벌 수 있는 것인가? 아버지는 가족 간에는 사랑이 있어야 한다고 하셨다. 사랑? 대체 사랑이 무엇인가? 나는 사랑이 누군가를 좋아하는 것 이상의 것이라고 생각한다. 누군가를 무지무지 좋아해서 나의 선택을 무조건적으로 좋다고 할 수 있어야 하는 것이라 생각한다. 조건 없이 좋아하고 이해하는 것이라고 생각한다. 그런데 부모님이 말하는 사랑은 내가 부모님 맘에 들도록 살아가는 것이다. 부모님의 맘에 들기 위해서는 일단 공부를 잘해야 한다. 전교 상위권을 누비며 이웃의 부러움을 받고 명문대학교에 가야 부모님 맘에 들 수가 있다. 그런데 그건 사랑이 아니라 부모님의 바람이다.

어릴 적 아버지는 나에게 나중에 뭐가 될 테냐 물어보시곤 검사가 되라고 하셨다. 검사가 되면 군수고 시장이고 할 것 없이 영감님, 영감님하면서 고개를 숙인다고 하셨다. 검사가 안 되면 군인이 되라고 하셨다. 군인이 되면 권력을 잡을 수 있다고 하셨다. 대통령도 될 수 있다고 하셨다. 검사가 되고 군인이 되고 대통령이 되는 것이 아버지의 꿈이고 바람이다. 내 소원이 아니고 내 꿈도 아니다.

아버지는 다른 사람들의 부러움을 한 몸에 받고 싶은 모양이다. 하지만 내가 공부를 못하니 아버지의 꿈은 애초에 허공으로 날아간 것이나 다름없다. 나는 그것을 잘못이라고 생각하지 않는다. 나는 나지, 아버지가 아니다. 나는 권력자를 꿈꾸지 않는다. 되고 싶지도 않고 그럴 능력도 없다.

영규 형의 말에 의하면 권력자는 끝이 좋지 않다고 했다. 쿠데타로 권력을 잡은 박정희는 18년 동안 독재를 하다가 부하의 총탄에 죽었다. 머리에 두 발이나 총을 맞았다고 했다. 생각만 해도 끔찍하다.

박정희의 뒤를 이어 대통령이 된 전두환은 백담사에 쫓겨 갔다. 아버지가 좋아하는 검사는 영규 형 말에 의하면 권력의 개라고 했다. 정의롭지 못하고 권력이 시키는 대로 민주투사들을 잡아가두고 죄를 준다고 했다. 심지어 죄가 없는 사람도 간첩으로 몰아서 죄를 씌운다고 했다. 만약 그렇다면 정말 나쁜 놈들이지만 내가 아는 상식으로는 검사는 죄를 지은 범죄자에게 벌을 주는 사람이다. 그런데 검사가 권력의 개라니? 대체 뭐가 맞는 건지 모르겠다.

어쨌든 내가 하고 싶은 말은 나는 검사가 되기도 싫고, 군인이 되기도 싫다는 것이다. 사실 아직까지도 나는, 내가 무엇을 잘하는지, 뭐가 되고 싶은지 모른다. 내가 아는 것이 있다면 인생이라는 망망대해 한가운데에서 작은 쪽배에 올라타고 있다는 것이다. 어디로 갈지 모르고 둥둥 떠 있다는 것이다. 지금이라도 목표를 알 수 있다면 나는 열심히 노를 저어갈 것이다. 하지만 목표가 어디인지 모른다. 뭘 어떻게 해야 할지도 모른다. 막연히 공부만 하면 내 목표가 나타나는 것일까? 내가 제대로 공부를 하지 않아서 목표가 나타나지 않는 것일까?

정초부터 이런 사건을 겪은 후에 나는 공부란 것을 해보기로 마음먹었다. 공부를 하면 삶의 목표가 나타날지 모르는 일이다. 하지만 풀만 먹던 동물이 고기를 먹기 어려운 것처럼 공부란 것이 마음먹는다고 되는 것이 아니었다. 마음을 굳게 잡고 책을 펼쳤지만 아는 것보다는 모르는 것이 많았다. 나는 사하라 사막 가운데 있는 것 같은 기분이 들었다. 어디에 길이 있는지, 어디로 가야 하는지, 모든 것이 막막했다.

나는 모든 것이 수준 이하였다. 영어는 1인칭, 2인칭, 3인칭도 모르는 바보였다. 간단한 단어조차도 몰랐으니 문법은 더 말할 것도 없었다. 수학도 마찬가지였다. 함수니

연산이니 하는 것은 다른 나라의 이야기 같았다. 고등학교 문제집은 수수께끼 문제들로 가득했다. 중학교 3년과 고등학교 2년, 도합 5년 동안 나는 무엇을 했을까? 스스로 생각해 봐도 한심하긴 했다.

나는 망망대해에 떠 있는 배가 아니라 무인도에 갇혀 버린 것 같았다. 배 한 척 오지 않는 무인도의 해변에서 멍하게 바다를 바라보는 외톨이였다. 결국 나는 공부를 포기하고 만화책과 무협지로 시간을 때우며 금쪽같은 겨울방학을 헛되이 보냈다.

그렇게 방학이 끝나고 3학년이 시작되었다. 이 시기의 가장 큰 일은 반 배정이었다. 나는 사시미와 병아리가 같은 반이 되길 기원했다. 나는 신을 믿는 편이 아니었지만 내가 전학을 온 것처럼 나의 기원은 종종 이루어졌다.

나는 3학년 8반에 배정되었는데, 하늘이 삼총사를 떨어뜨리지 않으려는지 사시미와 병아리가 한 반이 되었다. 우리가 무지무지하게 좋아한 것은 말할 것도 없었다. 우리 반에는 예전부터 나와 친한 녀석들이 몇 있었고, 개성이 강한 이상한 녀석들도 많았다.

이광민이라는 녀석은 포클레인이라는 별명을 가진 녀석

이다. 녀석이 포클레인이라는 별명을 가진 것은 공부는 안중에도 없고 중장비면허를 딴다고 설레발을 치고 다녔기 때문이다. 인문계 고등학교를 다니는 녀석이 자신의 미래는 대학 진학과 상관없다고 공공연히 떠벌리고 다니는 까닭에 시험 후 타작 시간에도 광민이 녀석은 열외로 취급되었다. 그뿐 아니라 중장비 시험을 본다는 핑계로 조퇴를 밥 먹듯이 했다. 하지만 대개 조퇴를 하면 중장비 학원에 갔다가 만화방에서 놀다오는 것이 광민이의 일과였다.

녀석은 만화광이기도 했다. 나에게 있어 광민이의 생활은 부러움 그 자체였다. 녀석은 대학진학에 관심이 없었다. 졸업 후, 공사판에서 일을 해서 돈을 벌겠다는 목표가 있었기 때문에 공부를 도외시했다. 그래서 우리들이 열심히 책상을 지키고 있을 때 홀로 중장비 학원에 다녔다. 선생님도 그런 광민이를 공부하라고 재촉하지 않았다. 문제는 이 녀석이 포클레인 시험에 번번이 미끄러진다는 것이었다. 이 녀석의 무식이 빛나는 이야기가 한 가지 있다.

"팔봉아, 들었냐? 제2의 체 게바라 사건이 일어난다더라."

"체 게바라 사건?"

"그래. 러시아에서 일어난 사건 말이야. 우리나라에 방사능 피해가 미칠 거라 하더라."

체 게바라는 아르헨티나의 공산주의 혁명가였다. 광민이는 소련에서 일어난 방사능 누출사건인 체르노빌을 체 게바라와 혼동한 것이었다. 물론 나도 그땐 그 말이 맞는 줄 알았다. 광민이는 무식하긴 하지만 잔머리를 쓴다거나 시험칠 때 컨닝같은 얍삽한 짓은 하지 않는 마음 착하고 믿음직한 녀석이었다. 저급한 용량의 두뇌로 문과의 꼴찌를 도맡아 하고 있었지만 언제나 당당했다.

나는 광민이의 당당함이 부러웠다. 공부를 못하면 어떤가? 공부를 못해도 어떻게든 살아갈 수 있는 것 아닌가. 왜 학교에서는 공부에 목을 매는 것인가? 하긴 공부를 잘하는 아이들이 이런 말을 하면 수긍이 가겠지만 공부를 못하는 내가 이러면 핑계라고 할 것이다.

널짝이라는 별명을 가진 장승만이라는 녀석도 있었다. 널짝이라는 별명은 교실 단상 밑에 책을 넣고 자유롭게 다닌다고 불리는 별명이었다. 교실의 칠판 아래에 나무를 짜서 만든 단상이 있었다. 선생님은 단상 위에서 수업을 하셨다. 아마도 학생들과 선생님의 서열을 보여주려고 한 것이었을 것이다. 어쨌든 그 단상 아래에 책을 넣고 다녀서 붙은 별명이었다. 단상 아래에는 책뿐만 아니라 화투와 카드, 음란서적 등 별의별 물건들이 다 들어 있었다. 녀석은 움직이는 고물상이었다.

이 녀석은 자유인이었다. 모든 책들을 단상 밑에 두고 다녔기 때문에 가방이 필요 없었다. 가방 없이 학교를 다녔고, 도시락도 갖고 다니지 않았다. 이 녀석은 노는 시간이면 구내매점을 젓가락 하나로 휘젓고 다녔다.

단체 급식이란 말은 들어본 적도 없을 때였다. 우리는 도시락을 싸들고 다녔는데 자취하는 우리들은 도시락 싸기도 어려웠다. 먹어도 먹어도 배가 고픈 우리들의 해결책은 구내매점의 우동 한 그릇이었다. 면발이 굵은 국수에 멸치육수를 붓고, 김과 파, 얇게 채를 친 단무지를 넣은 우동은 500원이었는데 쉬는 시간마다 우동을 사 먹는 아이들 때문에 매점이 북적였다.

널짝은 매점을 돌아다니며 아이들에게 한 젓가락씩 얻어먹었다. 이런 녀석들을 빈대라고 불렀는데 널짝 말고도 각 반마다 빈대들이 즐비했다. 대개 자취를 해서 도시락을 못 싸오거나 집이 가난한 애들이었다. 친구들의 사정을 알고 있었기에 우리 같은 초식동물들은 싫어도 기꺼이 불쌍하고 배고픈 영혼들에게 우동 한 젓가락을 흔쾌히 헌납하곤 했다. 널짝은 우리 반 대표 빈대였다.

우리 반에 이런 초식동물들만 있다면 얼마나 좋겠는가? 우리 반에는 거물급 육식동물도 셋이나 있었다. 명훈이, 경철이, 철호였다. 세 명은 키도 크고 덩치도 좋았다. 뿐만 아니라 시내에 조직폭력단과도 연계가 있다는 소문이 있었다. 명훈이는 촌놈인데 까불며 놀기를 좋아했고 가끔씩 삥을 뜯어갔다. 경철이는 아버지가 이 지역에서 제일 큰 식당을 했는데 점잖게 무게를 잡고 잠만 잤다. 철호는 아버지가 큰 공장의 사장님이었는데 작년 겨울에 창식이와 함께 가출해서 빈 책상만이 덩그러니 남아 있었다. 듣기로 철호의 엄마가 암으로 세상을 떠나고 새엄마가 들어와서 철호가 반항심에 집을 뛰쳐나간 것이라고 했다. 그 소문이 사실이라면 철호와 창식이는 모두 아버지 때문에 가출한 것이다.

우리 반 담임선생님은 국어선생님이다. 이름은 이문식인데 교무주임 선생님이었다. 담임선생님은 자신을 합리주의자라고 했다. 내신등급도 낮고 공부를 못하는 학생들은 일찌감치 기술을 배우는 것이 낫다고 설파하셨다. 광민이가 중장비 학원을 떳떳하게 다닐 수 있는 것도 담임선생님 덕분이었다. 담임선생님은 아이들이 기술을 배우는 것을 허락해 주셨다.

아이들은 담임선생님이 공부 못하는 애들을 풀어주는 것이 공부 잘하는 애들을 위한 조치라고 했지만 공부를 못하는 아이들의 입장에서 보면 담임선생님의 배려가 합리적인 것은 사실이었다.

입시 때문인지 선생님들은 학기 초부터 스파르타식으로 공부의 고삐를 잡았다. 고교평준화 시대라 학교마다 대학 진학률을 높이기 위한 경쟁이 치열했다. 수업이라기보다는 입시공부였다. 아침부터 저녁까지 입시수업은 계속되는데 공부 못하는 아이들이 따라가기는 역부족이었다. 내신등급도 바닥이고 공부도 못하는 아이들은 차라리 기술을 배우는 것이 나았다.

사시미는 요리학원을 다니기 시작했다. 식당이라도 하려면 자격증을 따야 한다는 것이었다. 병아리도 공부를 열심히 했다. 녀석은 수학여행을 다녀온 후부터 정말 열심히 공부했다. 녀석은 대학보다 합격하기 쉬운 공무원시험에 뜻이 있었다. 모두가 열심히 자기 길을 찾아가고 있었다.

친구들이 토끼라면 나 혼자 거북이가 되어 버린 기분이었다. 미래에 대한 불안감 때문에 나는 하루하루가 초조했다. 나는 아직도 내가 잘하는 것이 무엇인지 모른다. 무엇을 하고 살아야 할지 막막했다. 인문계고등학교에 왔으니 전문대라도 들어가야겠다고 생각했다. 전문대에 들어가려면 공부를 해야 한다. 문제는 내가 어떻게 공부해야 하는지 모른다는 것이었다.

결국 나는 문간방에 사는 영규 형에게 도움의 손길을 청했다. 영규 형은 대학에 다니니까 공부하는 법을 알 것 같았다. 학기 초여서 영규 형은 매일 술을 마시고 들어왔다. 영규 형을 보면 대학교는 공부는 하지 않고 술이나 마시고 데모나 하는 곳 같았다. 나는 영규 형이 술을 마시지 않고 들어왔을 때, 용기를 내어 공부하는 법을 물었다.

"공부하는 법?"

영규 형이 물끄러미 나를 바라보았다.

"전교 몇 등이냐?"

"뒤에서 놀아요."

"전교 몇 등?"

"문과 298명 중에서 292등이요."

영규 형의 입이 벌어졌다.

"영어는 몇 점이냐?"

"보통 30점이요."

"찍어서?"

"네."

"1인칭은 아냐?"

"1인칭이 뭔데요?"

"수학은 몇 점이냐?"

"30점이요."

"찍어서?"

"네."

영규 형이 땅이 꺼져라 한숨을 내쉬었다. 나도 안다. 내 수준이 땅바닥도 아닌 해저면에 있다는 것을.

"너, 고3이지?"

"네."

"9개월 후에 학력고사 치는 데 이제 와서 공부한다고? 순교자여, 그대는 공부에 관심이 없었던 것인가? 아니면 원래부터 돌머리였나?"

"놀리지 말아요."

"순교자, 너도 미래가 걱정되긴 하나 보네."

"형은 미래가 걱정 안 돼요?"

"걱정되지. 취직도 해야 하고, 결혼도 해야 하고…….
이 엄혹한 세상에서 먹고 살아야 하니까. 인간은 모두 걱
정을 안고 사는 거야."

"그니까 어떻게 공부하면 전문대라도 갈까요?"

"자식, 지금이라도 이런 마음을 가진 것이 어디냐? 늦었
다고 생각할 때가 빠를 때다. 이제부터 시작해도 열심히만
하면 대학은 갈 수 있어."

"정말이오?"

"국영수가 제일 중요해. 넌 기초가 완전 없으니 중학교
과정부터 시작해야 해. 할 수 있겠냐?"

"할게요."

"그래. 쪽팔리지만 처음부터 배워나가는 수밖에 방법이
없어."

영규 형은 나에게 공부하는 방법을 가르쳐 주었다. 영어
는 기초가 없었기 때문에 중학교 입학생들이 기초를 배운
다는 빨간 기본영어를 권해 주었다. 수학도 중학교 참고서

를 가지고 공부했다. 쉬운 것부터 시작해서 그런지 문법이 점점 보이고, 수학문제도 하나씩 풀 수 있었다. 중학교 수준의 영어와 수학이 내 수준과 맞아떨어진 것이다. 공부에 점점 재미가 들었다.

주말에 집에 가서도 책상에 자리를 잡고 공부를 하자 아버지와 엄마의 태도가 조금씩 바뀌었다. 아버지는 이제 정신을 차리나 하고 반신반의했지만 엄마는 내가 뒤늦게 정신을 차렸다고 정말 좋아하셨다. 하지만 나는 불안했다. 다른 아이들은 저 멀리에서 뛰어가고 있는 것 같은데 나만 뒤쳐진 것 같았다.

나는 정말 정신을 차린 것인가? 아직 모른다. 인생의 바다 한가운데에서, 고립된 무인도를 벗어나기 위해 막막하게 무언가를 하고 있는 것이다.

내가 영규 형에게 공부를 배운 지 한 달이 지났을 때, 나는 또 다른 절망에 부딪혔다.

"팔봉아, 영규 형이 죽었다더라."

나는 병아리의 말을 처음에는 믿지 못했다. 하지만 사실이었다. 저녁뉴스에도 영규 형의 죽음이 보도되었다.

영규 형은 대학교 시위도중에 몸에 불을 붙인 후 옥상에서 뛰어내렸다고 했다. 나는 머리에 망치를 맞은 것 같았다. 믿을 수 없는 소식이었다. 영규 형은 왜 그렇게 극단적인 선택을 해야만 했을까? 나는 도무지 영규 형의 생각을 이해할 수 없었다.

뉴스에서 잇달아 대학생들이 분신한 소식이 전해졌다. 뉴스에서는 대학생들이 화염병과 돌을 던지는 장면이 보였다. 뉴스의 어조는 학생들이 나쁘다는 내용들이 대부분이었다. 내가 겪은 영규 형은 사회를 비판적으로 보고 있었지만 나쁜 사람은 아니었다. 아니, 누구보다 올바른 사람이었다.

학교에 다녀오니 영규 형의 짐이 빠져나가 있었다. 주인 할머니는 전날 가죽옷을 입은 사람들이 영규 형의 자취방을 뒤졌다고 했다. 할머니는 겁에 질려서 시키는 대로 문을 열어줬던 것이다. 며칠 후, 장례를 치른 영규 형의 부모님들이 방안에 있던 짐을 가져갔다. 우리가 학교에 간 사이에 벌어진 일이었다. 썰렁한 영규 형의 방을 볼 때마다 술병과 치킨을 앞에 놓고 정의론을 떠들던 영규 형이 생각났다.

나는 대학생들이 무엇 때문에 데모를 했고, 분신이라는

극단적인 방법을 택했는지 궁금했다. 그래서 신문기사를 찾아보았다. 이 사건은 명지대학생 강경대가 사복을 입은 경찰로 구성된 백골단에게 맞아 죽으면서 일어나게 되었다.

이 커다란 사건의 시발점은 등록금 인하를 요구하는 학생들의 집회였다. 1991년 4월 24일 명지대학교 총학생회장 박광철이 등록금 인하를 주장하면서 연세대학교 집회에 참석하고 학교로 돌아오던 중 경찰관에게 불법으로 연행을 당했다. 이 소식이 학생회에 전해지자 이틀 뒤인 4월 26일 명지대학교 앞에서 총학생회장의 석방을 위한 구출대회가 진행되었다. 학생들의 시위가 격렬해지자 경찰관들이 진압을 시도했는데 운이 없게도 강경대 학생이 백골단에게 붙잡혀 쇠파이프로 무자비하게 폭행을 당한 것이다. 피투성이가 된 강경대 학생은 세브란스병원으로 옮겨졌으나 한 시간 만에 목숨을 잃고 말았다.

강경대 학생의 죽음에 분노한 학생들은 노태우 대통령의 사과와 책임자 처벌을 요구하면서 연세대학교 앞에서 시위를 벌였다. 분노한 대학생들의 시위는 불길처럼 번져나가 전국으로 퍼졌고 잇달아 대학생들의 분신사태가 벌어진 것이었다.

난 너무 혼란스러웠다. 민주주의 사회에서 국민을 지켜주는 경찰이 학생들을 때려죽이는 사건이 일어날 수 있는 것인지. 분하고 억울하더라도 하나뿐인 소중한 생명을 버려야만 했는지.

내 짧은 생각으로는 지금의 상황은 초식동물들과 육식동물의 싸움이었다. 초식동물이 어떻게 육식동물을 이길 수 있단 말인가. 더구나 국가라는 거대한 육식동물을 대학생이라는 초식동물이 어떻게 이긴다는 말인가. 이것은 처음부터 불가능한 일이었다. 계란으로 바위를 치는 격이었다. 난 영규 형이 목숨을 바쳐야만 했던 이유를 이해할 수 없었다. 바깥에서 걸레를 빨던 주인할머니가 혀를 차며 말했다.

"쯧쯧. 부모가 공부하라고 대학 보냈더니 데모나 하고……. 그게 부모 가슴에 비수를 꽂는 일인데……. 쯧쯧쯧. 형사들 말로는 데모하는 것들은 죄다 빨갱이라 하더만……. 그렇게 착하고 예의바른 총각이 빨갱인 줄 몰랐네."

"할머니, 영규 형 빨갱이 아니에요."

"학생이 몰라서 하는 소리야. 데모라는 것이 빨갱이들의 꾐에 빠져서 하는 거야. 학생들이 하라는 공부는 안하고 대명천지에 데모가 무슨 데모야?"

주인할머니가 혀를 차더니 말했다.

"삼시 세 때 이밥 먹을 수 있는 이 좋은 세상에 데모가
뭐란 말이고? 참 모를 일이데이. 데모를 하려면 곱게 할 것
이지 부모 눈에 피눈물 나게 죽긴 왜 죽는단 말이고. 팔봉
이 학생은 대학가면 빨갱이 꾐에 빠져서 데모하지 말고 공
부나 열심히 해. 알았지?"

허리가 구부러진 주인할머니는 몸을 천천히 세워 어기
적어기적 방안으로 들어갔다. 나는 불 꺼진 문간방을 바라
보았다. 깜깜한 문간방에 불이 켜지고 방문이 열렸다. 소
주와 치킨을 손에 든 영규 형이 밝게 웃으며 나를 불렀다.

'팔봉아, 이 땅의 민주주의와 정의를 위해서 한 잔 하자.'

임자 없는 문간방은 어둡고 고요했다. 마치 떠나간 형의
죽음을 기도하듯이 무거운 침묵에 잠겨 있었다.

새로운 자취생

영규 형이 나간 방에 새로운 자취생이 들어왔다. 아침에 긴 머리를 감는 것을 보고 여자인줄 알고 좋아했는데 키가 190이 넘는 덩치 큰 남자였다. 뒷모습만 보면 스타워즈에 등장하는 츄이 같았는데 앞모습은 조직폭력배처럼 험상궂은 얼굴이어서 우린 말도 붙이지 못하고 피해 다니기만 했다. 나중에 알게 되었지만 그 형은 복어를 전문으로 하는 식당에서 일하는 주방장이었다. 이름은 김인환이었는데 생긴 것과는 다르게 순한 형이었다. 육식동물처럼 보였지만 초식동물이고 코끼리과라고 보면 된다.

인환이 형 덕분에 요리학원에 다니는 사시미는 복어집

에서 아르바이트를 하게 되었다. 그 덕분에 우리는 비싸다는 복어요리를 자주 먹을 수 있었다. 사시미는 인환이 형과 함께 식당을 다니면서 요리 배우는 일에 더욱 열심이었다. 사시미는 식당이 마치는 12시 무렵에 인환이 형과 함께 들어왔다. 한번은 식당을 마친 사시미가 방안으로 들어와 말했다.

"팔봉아, 우리 함께 어디 좀 가자."

"어딜?"

"복어요리의 비밀을 밝히러. 바깥에 인환이 형이 기다리고 있어."

"12시가 넘었는데?"

"비밀을 캐러 가는데 대낮에 가겠냐? 네 도움이 필요해."

나는 영문도 모르고 사시미를 따라 바깥으로 나갔다. 마당에 병아리가 얼뜬 얼굴로 눈을 껌뻑이며 서 있었다. 문밖에 은색 봉고차 한 대가 시동을 켠 채 기다리고 있었다. 운전대를 잡은 사람은 인환이 형이었다.

봉고차가 1시간 반을 달려 도착한 곳은 D시의 유명한 복어요리집이었다. 봉고차는 불이 꺼진 복어요리집의 뒷

골목에 멈추었다. 사시미는 나와 병아리를 데리고 뒷골목으로 잠입했다. 새벽 2시, 영업이 끝난 지 한참 후라 쥐새끼 하나 보이지 않았다. 앞서가던 사시미가 큰 드럼통 하나를 가리켰다.

"저기다."

우린 드럼통 앞에서 멈춰 섰다. 어깨높이의 드럼통이었는데 파리가 왱왱 날아다니고 시큼한 냄새가 났다.

"이거 음식물쓰레기통 아니냐?"

뚜껑을 열어보니 음식물이 가득했다. 역겨운 냄새가 나서 얼른 뚜껑을 닫았다.

"설마 이걸 들고 가려는 건 아니지?"

"맞아. 여기서 복어요리의 비법을 찾는 거야."

사시미가 천진난만하게 말했다. 유명한 음식의 조리법을 배우기 위해서는 수백만 원이 든다고 했다. 돈이 아까운 요리사들은 유명음식의 비밀을 캐기 위해 음식물쓰레기를 분석하곤 한다는 것이었다. 도대체 음식물쓰레기에서 무슨 비법을 찾을 수 있단 말인가.

"뭐해? 인환이 형 기다린다."

사시미가 재촉했다. 우리들은 커다란 음식물 쓰레기통

을 날랐다. 음식물이 잔뜩 들어 있는 드럼통은 엄청나게 무거워서 세 사람이 들기에도 벅찰 정도였다. 우리는 이마에 땀을 뻘뻘 흘리며 음식물쓰레기로 가득 찬 드럼통을 들고 봉고차에 도착했다. 기다리고 있던 인환이 형이 봉고차의 뒷문을 열었다. 우린 힘을 합쳐 봉고차 뒷자리에 드럼통을 실었다.

우린 그 길로 1시간 반을 달려 A시로 돌아왔다. 문제는 돌아오는 도중에 발생했다. 음식물이 가득한 드럼통이 원심력을 이기지 못하고 쏟아져 버린 것이었다. 봉고차 안에 썩은 냄새가 가득 찼다. 지옥이 따로 없었다. 우린 비명을 지르며 봉고차 문 밖으로 얼굴을 내밀고 숨을 쉬는 수밖에 없었다.

새벽 4시에 복어집으로 돌아왔을 때, 눈을 비비며 바깥으로 나온 사장님은 봉고차 안에 펼쳐진 광경에 경악을 금치 못했다.

"이 미친놈들아, 음식물쓰레기를 드럼통째 가져오는 놈들이 어디 있냐!"

사장님이 노발대발했다. 이것은 모두 인환이 형 때문에 일어난 일이었다. D시에 장사가 잘되는 복어집의 비결이 뭔지 궁금해 하는 사장님의 혼잣말을 듣고 인환이 형이 독단적으로 벌인 일이었다. 우린 잠도 못자고 새벽까지 음식물쓰레기로 가득한 봉고차 안을 깨끗이 청소해야 했다. 인환이 형은 미안하다고 우리에게 더 잘해 주었는데 이 사건으로 우린 인환이 형이 보기보다 어리석은 동물이라는 것을 알게 되었다.

피서지에서 생긴 일

고3의 마지막 여름방학이었다. 3학년들은 입시공부에 방학이 따로 없었고 곧바로 지겨운 보충수업이 시작되었다. 하지만 공부 못하는 우리들은 담임선생님의 배려로 학교에 가지 않아도 되었다. 배려가 아니라 포기한 것이라 해도 옳았다.

부모님은 학교에서 공부를 열심히 하는 줄 알았지만 사실은 그렇지 못했다. 영규 형이 죽은 후로 나는 공부에 흥미가 떨어져서 늘 그렇듯이 만화책과 무협지를 빌려 보면서 하루하루를 지냈다.

인생을 결정짓는다는 중요한 시기에 내가 할 수 있는 것이 없었기 때문이었다. 나는 심각한 절망상태에 빠져 있었다. 병아리는 함께 공무원시험을 보자고 했지만 나는 아버지처럼 공무원이 되고 싶지는 않았다. 그렇다고 사시미처럼 요식업에 뜻을 두어 요리를 배우러 가고 싶지도 않았다. 중장비도 배우기 싫었고, 자동차정비도 배우기 싫었다. 아무것도 하기 싫었다. 무기력이 구렁이처럼 내 몸을 칭칭 감고 있는 것 같았다. 그때 인환이 형이 나타났다.

"팔봉아, 해수욕장 갈래?"

자취방에 멍하니 누워 있는 두 눈이 번쩍 뜨였다. 푸른 바다, 부서지는 파도, 빛나는 모래사장, 그리고 아름다운 미녀들이 가득한 해수욕장. 나는 자리에서 벌떡 일어나며 말했다.

"가요."

다음날 우린 해수욕장으로 출발했다. 나중에 알게 되었지만 나를 걱정한 사시미와 병아리가 인환이 형에게 도움을 요청한 것이다. 인환이 형은 자느니 노는 것이 낫다고 휴가를 냈다고 했다.

우리가 인환이 형과 가는 것이 좋은 두 가지 이유가 있었다. 첫째는 봉고차였다. 음식물쓰레기 냄새가 배어 있는

봉고차였지만 콩나물시루 같은 버스를 타는 것보다는 백
배 나았다. 둘째는 인환이 형의 조폭 같은 외모였다. 인파
가 몰려드는 해수욕장에는 육식동물들이 도처에 득실거렸
다. 술 먹은 육식동물들과 시비라도 난다면 우리만 손해였
다. 무엇보다 우릴 지켜줄 인환이 형이 있어서 좋았다.

봉고차에 텐트를 싣고 해수욕장으로 출발했다. 봉고차
는 A시를 벗어나 구불구불한 도로를 달려갔다. 리어카아
저씨에게 사온 길보드음악이 스피커에서 흘러나왔다.

나의 모든 사랑이 떠나가는 날이~~

김현식의 노래 '내 사랑 내 곁에' 였다. 1991년도의 빅
히트곡은 김현식의 노래였다. 그해는 김현식의 노래가 휩
쓸었다고 봐도 좋았다. 김현식의 모든 노래가 사랑을 받았
다. 하지만 김현식은 불행하게도 1990년 11월 1일에 간경
화로 죽었다. 이 노래는 죽은 이후에 나온 앨범이다. 죽음
을 앞두고 부른 노래여서 그런지 마음을 울리는 무언가가
그 속에 있는 것 같았다. 김현식은 죽기 전까지 노래를 불
렀다고 했다. 무언가 좋아하는 일을 죽을 때까지 할 수 있

다는 것은 축복이 아닐까?

난 여러 가지 일들을 생각해 본 적이 있었다. 엄마는 내가 선생님이 되었으면 좋겠다고 했다. 학생들에게 존경도 받고, 무엇보다 안정된 직업이라는 것이다. 교대에 갈 성적도 되지 않지만 책상에 턱을 괴고 앉아 선생님의 일과를 살펴보니 내 마음에 들지 않았다.

국어를 예로 들자면 우리 반에서 한용운의 시를 가르치면 다른 반에서도 똑같은 말을 되풀이해야 할 게 아닌가. 말하자면 다람쥐가 쳇바퀴 도는 삶을 사는 것이었다. 직장 생활도 마찬가지였다. 죽을 때까지 내가 좋아하는 일을 하며 살고 싶었다. 문제는 그것이 무엇인지 모른다는 것이다. 나는 길게 한숨을 내쉬었다.

"땅 꺼지겠다. 해수욕장 가는데 웬 한숨?"

한껏 들뜬 사시미가 말을 걸었다.

"김현식이 부러워서……."

"김현식이 부럽다고? 죽고 나서 대박 나야 아무 소용없다."

"어휴, 어리숙한 새끼. 내 말뜻은 좋아하는 일 하면서 살고 싶단 말이지."

"좋아하는 일? 그게 뭔데?"

병아리가 끼어들었다.

"공무원시험 치자니까."

"난 공무원 싫어."

운전을 하던 인환이 형이 말했다.

"팔봉아, 너는 뭐하고 싶은데?"

"그걸 모르니까 이러고 있죠."

"네가 뭔가를 하면서 실증이 안 나는 일이겠지. 그게 뭔데?"

"노는 거죠."

"그럼 놀면서 돈 버는 일을 찾으면 되잖아."

눈이 번쩍 띄었다. 놀면서 돈 버는 일이라니. 인환이 형이 갑자기 달리 보였다. 어리석은 줄만 알았는데 문제의 본질을 꿰뚫어보는 눈이 있는 것 같았다.

"놀면서 돈 버는 일이 있나요?"

"놀면서 돈 버는 일? 그런 일자리가 있으면 내가 하지."

인환이 형이 퉁명스럽게 말했다. 그럼 그렇지. 인환이 형에게 기대한 내가 바보였다. 나는 차창에 기대어 스쳐지나가는 풍경을 바라보았다. 영규 형이 생각났다. 똑똑한 영규 형이 살아 있었다면 내 고민을 해결해 줬을지도 모른다. 고민을 해결 못하더라도 깊이 공감해 주었을 것이다. 치킨과 소주도 생각났다. 죽긴 왜 죽어……. 영규 형을 생각하니 눈물이 찔끔 났다. 구불구불한 고갯길을 내려오다 커브길을 돌자 푸른 바다가 보였다. 하얀 뭉게구름 아래에 여름바다는 푸른 물감을 풀어놓은 듯 선명했다.

"우와! 바다다."

우린 누가 먼저라고 할 것도 없이 소리쳤다. 일시에 모든 고민들이 내 머릿속에서 사라져 버린 것 같았다.

봉고차를 해수욕장 입구에 있는 주차장에 주차하고 모래사장에 텐트를 쳤다. 해수욕장은 더위를 피해 놀러온 사람들로 가득했다. 나와 사시미는 반바지로 갈아입고 바닷물 속으로 뛰어들었다. 차가운 바다 속에 몸을 담그고 파도에 몸을 맡기며 물장구를 치고 놀았다. 우리를 속박하는 것들에서 풀려나는 것 같은 해방감이 온몸 가득 느껴졌다.

"병아리는 왜 안 들어와?"

"저기 온다."

사시미가 손가락으로 가리켰다. 병아리는 시커먼 고무 튜브에 바람을 가득 채워서 왔다. 바다가 강물과 다른 점은 파도였다. 파도가 밀려오면 튜브가 물결을 따라 솟구쳤다가 내려왔다. 우리 세 명은 튜브에 매달려 파도를 탔다.

튜브에 몸을 맡긴 사시미의 시선이 한곳에서 멈추었다. 녀석의 시선이 멈추는 곳에는 언제나 여자가 있었다. 바다에 놀러온 여대생들이었다. 그녀들은 출렁이는 바닷물 위에서 튜브를 타며 놀고 있었다. 갑자기 생머리 혜민 씨가 떠올랐다. 혜민 씨는 지금쯤 뭘 하고 있을까? 윤정이, 경숙이와 함께 해수욕장에 놀러왔을지도 모른다. 만약 같은 해수욕장에서 만날 수 있다면 엄청난 인연일 것이다. 혹시나 하는 마음에 자라처럼 목을 길게 빼고 좌우를 둘러보았지만 혜민 씨 비슷한 여자는 보이지 않았다. 하긴 동해안에 해수욕장이 한두 곳이 아니니 다른 해수욕장에 놀러갔을지도 모를 일이다. 아니, 혜민 씨는 운동권이니 지금쯤 도심에서 민주화를 위해 싸우고 있을지도 모른다.

입을 벌리고 있던 사시미의 얼굴이 구겨졌다. 여대생들이 남자대학생들과 물장구를 치며 놀고 있었다. 일행이 있었던 것이다. 사시미의 행복한 상상이 깨어진 것 같았다. 나는 사시미의 얼굴에 물을 뿌리며 말했다.

"임마! 꿈 깨라, 꿈 깨."

"내가 뭘."

"척 보면 알지."

사시미는 튜브에 팔을 걸치고 중얼거렸다.

"대학생이 되면 여자 친구가 생길까?"

"대학은 갈 수 있겠냐?"

"너는?"

"나?"

잊고 있던 현실이 나를 우울하게 만들었다.

"여기까지 놀러 와서 청승 떨 거냐?"

병아리가 나에게 물을 뿌렸다.

모터보트가 지나가자 파도가 몰려왔다. 튜브가 파도를
따라 솟구쳤다가 내려왔다. 한동안 파도를 타니 현실이
잊혀졌다. 바깥은 따가운 햇살이 내리쬐지만 물속은 시원
했다. 가만히 있어도 더위가 사라지는 것 같았다. 쾌쾌한
방구석에서 선풍기 바람에 의지하는 것보다 바깥에서 노
는 것이 일만 배는 더 좋았다. 피서(避暑)의 의미를 알 것
같았다.

"근데 인환이 형은 물에 안 들어와?"

"인환이 형은 텐트 안에서 잔대."

"잔다고? 여기까지 놀러 와서 잔다고?"

"전날 늦게까지 일해서 피곤한가 봐."

물놀이를 실컷 하니 온몸에 힘이 빠지고 허기가 몰려왔다. 냄비에 물을 담아 라면을 끓였다. 해수욕장에서 끓여 먹는 라면의 맛은 일품이다. 늦은 점심을 먹은 후에 우린 또다시 바다 속으로 들어가서 놀았다. 병아리가 가져온 커다란 튜브는 신의 한수였다. 하나를 독차지할 수 있다면 좋았을 테지만 튜브를 돈을 주고 빌릴 정도로 우린 돈이 많지는 않았다. 튜브 하나에 세 녀석이 빈대처럼 붙어 놀았지만 우린 즐거웠다. 무엇보다 친구들과 함께 있어서 좋았다.

서산에 해가 떨어지며 노을이 붉게 물드는 저녁 무렵은 해수욕장은 축제장이 된다. 해변가 여기저기에서 불을 피우고 사람들이 둘러앉아 기타를 치고 노래를 부르며 놀았다. 우린 불판을 가운데 놓고 삼겹살을 구워 먹었다. 소주도 마셨다. 인환이 형이 고기와 술을 많이 가져왔기 때문이다. 돈을 번다는 것은 이럴 때 좋은 것 같다. 나도 사회에 나가 돈을 벌게 되면 이렇게 살 수 있을 것이다.

사회인 인환이 형 덕분에 우린 원 없이 고기와 술을 마셨다. 내가 가장 많이 마셨을 때가 소주 반 병이었다. 그땐 술을 마시면 알딸딸하고 술에 취하는 기분이 들었는데 이 번에는 달랐다. 술맛이 달달했다. 삼겹살은 더 맛있었다. 인환이 형은 야외에서는 실내에서 마시는 술의 세 배는 더 먹을 수 있다고 했다. 정말로 다섯 잔도 넘게 마셨는데 취하는 것 같지 않았다.

나는 주는 대로 술을 마셨다. 술은 기분을 좋게 해 준다 더니 내 마음속의 울울한 기분이 술기운과 함께 사라지는 것 같았다. 기분이 엄청 좋아졌다. 근처에서 모닥불을 피 워놓고 기타를 치며 놀고 있는 대학생을 보니 영규 형 생 각이 났다. 작년 여름, 영규 형과 C산에서 보낸 시간들이 떠올랐다. 아름답던 생머리 미녀 혜민 씨, 단발머리 못난 이 경숙이, 파마머리 전봇대 윤정이. 별이 쏟아지던 밤에 운동권 노래를 부르던 추억이 엊그제 일 같았다.

영규 형이 운동권 학생이 아니었다면 아마도 저 대학생 들처럼 해수욕장에서 낭만을 즐기고 있을지도 모른다. 하 지만 영규 형은 이 나라의 미래를 생각했고, 이 땅의 정의 를 생각하던 대학생이었다. 자칭 정의파 대학생 영규 형은 정의를 지키기 위해 싸우다가 죽음을 택한 것이다. 영규 형이 무슨 생각으로 죽었는지는 짐작할 뿐이지만 눈앞에 영규 형이 있다면 어째서 죽음을 택해야만 했는지 물어보고 싶었다.

이 땅의 정의가, 이 땅의 민주주의가 자신의 삶보다 중요한 것인지, 죽음을 택할 만큼 절박했던 것인지 물어보고 싶었다. 속상한 마음 때문인지 주는 술을 자꾸 마셨다. 그렇게 내 기억이 가물가물해졌다.

다음날, 일어나 텐트에서 나왔을 때, 내 앞에는 전혀 다른 풍경이 펼쳐져 있었다. 분명히 어제 내가 놀던 해수욕장이 아니었다. 텐트 안에는 병아리와 사시미가 날이 샌지도 모르고 정신없이 자고 있었다. 인환이 형은 보이지 않았다.

"야, 야, 일어나 봐."

사시미를 흔들어 깨웠다. 사시미는 눈을 뜨지도 않고 몸부림을 쳤다. 옆에 있는 병아리를 흔들어 깨웠다.

"얌마, 일어나 봐."

병아리가 실눈을 떠서 나를 올려다보았다.

"팔봉아, 괜찮냐?"

병아리는 잠이 덜 깬 목소리로 물었다.

181

"뭘?"

"너 어제 술이 골로 가서 진상질이 대단했다."

"내가?"

"기억 안 나냐?"

"무슨 말이야? 여긴 또 어딘데? 인환이 형은 어디 있냐?"

병아리가 천천히 몸을 일으킨 후, 두 눈을 비비더니 멍한 얼굴로 나를 바라보았다.

"꼴통. 어젯밤 네가 한 일 기억 안 나냐?"

"내가 한 일? 어젯밤, 무슨 일 있었냐?"

사시미가 눈 한 짝을 살며시 뜨고 말했다.

"진짜 기억 안 나냐?"

"뭔데? 무슨 일이 있었냐?"

사시미가 벌떡 몸을 일으켜 앉았다.

"새끼, 골 때리네. 인환이 형이 필름 끊겼다더니, 진짜 필름이 끊겼나 보다."

사시미와 병아리가 눈을 마주치더니 나를 바라보았다.

사시미와 병아리의 말에 의하면 맹물처럼 소주를 마셔대던 나는 자리에서 일어나서 노래를 불렀다고 했다. 노래가 끝난 후 소주 한 병을 들고 비틀거리면서 근처에서 기타를 치며 놀고 있는 대학생들에게 다가가 시비를 걸었다고 했다. 대학생들이 민주화운동에 목숨을 걸고 싸우는 시국에 해수욕장에 놀러나 다닌다고 썩어빠진 인간들이라며 삿대질을 했다고 했다.

"영규 형이 너를 많이 물들인 모양이더라. 이 땅의 정의를 찾고, 민주주의를 찾고……."

"기억나냐? 거기서 노래도 불렀잖아."

사랑도 명예도…

이름도 남김없이……

병아리와 사시미가 주먹을 휘두르며 노래를 부르다가 킥킥거리며 웃었다. 나는 얼굴이 화끈거렸다.

"그, 그래서?"

"자슥아, 우린 네가 걔네들한테 맞아 죽는 줄 알았다."

나는 간담이 서늘했다.

"맞았냐?"

"아니."

"근데 어떻게 살았냐?"

"인환이 형이 나타나 인상을 험악하게 쓰니까 물러가더라. 형이 키가 엄청 크고 험악하게 생겼으니 지레 쫄았던 거지."

"맞아. 인환이 형이 인상 쓰니 조폭 같더라."

병아리가 킥킥거리며 웃었다.

"텐트는 왜 옮겼는데?"

"새끼야, 그놈들이 떼로 몰려올까 봐 도망 온 거잖아. 깜깜한 밤에 텐트 걷느라고 죽을 고생을 했다."

사시미가 오만상을 찡그렸다.

병아리가 말했다.

"보기에는 대학생 같았지만 말하는 것 보니까 생양아치더라. 여자들 꼬시러 놀러온 깡패새끼 같더라. 인환이 형이 낌새가 안 좋다고 철수한 거다."

"사고는 혼자서 다 치고는 취해서 나 몰라라 곯아떨어지고……. 넌 앞으로는 술 마시면 안 되겠더라."

사시미가 손가락질을 했다.

"인환이 형은 어디 갔어?"

"인환이 형은 봉고차에서 자고 있어. 인환이 형 아니었으면 우린 너 때문에 작살났을 거야."

두 녀석이 피곤한지 다시 드러누웠다. 나는 바깥으로 나
갔다. 이날은 구름이 많아서 해가 쨍하게 내리쬐지는 않았
다. 사람도 별로 없는 해변가에 미역줄기 몇 개가 떠밀려
왔다가 쓸려갔다. 봉고차에 다가가니 차안에 인환이 형이
팔짱을 끼고 쪽잠을 자고 있었다.

"인환이 형."

팔짱을 끼고 누워 있던 인환이 형이 한쪽 눈을 떴다.

"별명이 꼴통이라더니……. 일어났냐?"

나는 면목이 없어서 머리를 긁적이며 고개를 푹 숙였다.

"순한 녀석인 줄 알았더니 성질 있네."

"저 때문에 힘들었죠?"

"얌전하게 눈치만 보고 살면 샌님밖에 더 되겠냐? 술을
마셔 봐야 주량도 아는 것이고, 술버릇을 알아야 앞으로
조심하지."

인환이 형답지 않게 유식해 보였다.

"술 마시면 아무 짓도 하지 말고 자는 것이 상책이다. 알
았냐?"

"알았어요. 앞으로는 정말 조심할게요."

"우울하다더니 스트레스는 풀어졌냐?"

"스트레스는 안 풀린 것 같은데요?"

"술 한 병 더 마실래?"

인환이 형이 소주병을 내밀었다.

"아뇨, 아뇨."

술병만 봐도 토할 것 같아서 손을 저으며 도망을 쳤다. 해변의 사건 이후에 나는 다시는 고주망태가 되도록 술을 먹지 않겠다고 다짐했다. 하지만 내 맘과는 달리 고주망태가 되는 경우가 몇 번은 있었던 것 같다. 다행스러운 것은 주정을 부리거나 남에게 민폐를 끼치는 일은 없었다는 거다. 나는 술에 취하면 조용히 잠을 잤다. 그것이 내가 피서지에서 배운 소중한 교훈이었다.

정의 바이러스

시간이 쏜살처럼 간다더니 산과 들에 물이 드는 가을이 찾아왔다. 12월 학력고사까지는 3개월도 남지 않았다. 대학에 진학하려는 상위권들은 공부에 열심이었고, 나처럼 입시를 포기한 녀석들은 늘 만화책이나 무협지를 보며 시간을 보냈다.

9월의 우리 반에 달라진 것이 있다면 가출을 했던 철호가 돌아온 것이다. 철호 아버지가 가출해서 대도시에 있던 철호를 데려온 것이다. 철호는 뒷자리에서 잠만 잤다. 나는 창식이도 함께 돌아왔는지 궁금해서 창식이반에 갔지만 창식이는 없었다. 나는 창식이가 가출해서 집으로 돌아오지 않은 줄로만 알았다. 수업을 마치고 집으로 돌아왔을 때 내 자취방 툇마루에 창식이가 앉아 있었다.

"그동안 잘 있었냐?"

얼굴이 시커멓게 그을린 창식이가 뽀얀 이를 드러내며 웃고 있었다. 우린 창식이가 사온 치킨으로 저녁을 대신했다. 사시미가 음식점에 아르바이트하러 갔기 때문에 병아리와 내가 창식이와 이야기를 나누었다.

철호와 함께 가출한 창식이는 대도시에서 막노동보조를 하면서 살았다고 했다. 아파트가 곳곳에 지어지고 있었기 때문에 일거리가 많아서 사는 것은 어렵지 않았다고 했다. 두 사람은 여관방 하나를 삼십만 원 정도의 달방으로 잡았고 가출할 때 돈을 많이 가져온 철호 덕에 처음 한 달을 그럭저럭 살았다고 했다. 하지만 돈이 바닥이 나기 전에 먹고살 수단을 만들어야 했기에 여관에 머무는 동안 창식이가 막노동보조를 하며 살았다고 했다. 막노동보조는 일당 18,000원이었다.

막노동으로 버는 수입으로 두 명이 살아가는 것이 어렵지 않았다고 했다. 창식이는 무엇보다 아버지의 술주정을 당하지 않아서 좋았다고 했다. 집에 있으면 항상 조마조마

했는데 여관방이지만 마음이 편해서 좋았다고 했다. 난 창식이가 불쌍했다. 아버지에게 주사가 없다면 창식이는 지금쯤 다른 삶을 살고 있을지도 모른다. 녀석은 공부를 잘했기 때문에 다른 아이들처럼 대학교에 가기 위해 열심히 공부를 하고 있을 것이다.

"철호는 학교 나오던데, 넌 학교 안 나오니?"

"응."

"왜? 3개월밖에 안 남았는데 고등학교는 졸업해야 할 거 아냐?"

"졸업할 수 없대."

"왜?"

"무단결석이 수업일수의 3분에 1이 넘으면 퇴학 처리된대. 120일 넘게 결석해서 학교 다니기 어렵다고 하더라."

"근데 철호는 학교 다니잖아."

"맞아. 철호랑 너랑 같이 결석했잖아."

병아리가 맞장구를 쳤다.

"철호는……."

잠시 말이 없던 창식이가,

"철호 아버지가 부자잖아."

189

하고 씁쓸하게 웃었다.

내 머릿속에 전광석화처럼 무전유죄, 유전무죄라는 단어가 떠올랐다. 똑같이 가출했는데 돈이 있는 집 아이는 교칙이 적용되지 않고, 돈이 없는 아이는 교칙이 적용되었다. 무단가출을 하게 된 것이 자신의 탓도 아닌데 이것은 공평하지 않았다.

밤늦도록 가출이야기를 무용담처럼 늘어놓던 창식이는 내방에서 잠을 자고는 아침에 나갔다. 학교로 가는 아이들 사이에서 홀로 걸어가는 창식이의 뒷모습이 씁쓸해 보였다. 뭔가 세상이 공정하지 못하고 잘못된 것 같았다. 창식이를 위해 뭔가를 하고 싶었지만 내가 할 수 있는 일은 창식이를 위로하는 일 밖에는 없었다.

한 주가 끝나면 나는 빨래거리를 가지고 집으로 돌아간다. 집으로 가는 길은 왠지 모르게 마음이 설레었다. 짐을 가득 싣고 기차표를 끊어 플랫폼에 올라갔을 때 벤치에 눈에 익은 사람이 앉아 있었다. 남자가 아니라 여자였고 게다가 미인이었다. 미인이 나를 알아보고 먼저 말을 걸었다.

"팔봉 씨 아니에요?"

생머리 혜민 씨였다. 혜민 씨는 모습이 달라져 있었다.

아름답던 긴 생머리를 잘라서 단발머리가 되어 있었다. 물론 단발머리도 예뻤다.

"아! 네. 안녕하세요."

나는 속으로 기쁨을 감추고 인사를 했다.

"군대 가신 줄 알았어요."

"아. 군대는…… 연기했습니다."

"그렇군요. 어딜 가시는 길인가요?"

"집에 가는 길이에요. 혜민 씨는 어디 가세요?"

"저도 집에 가요."

"집이 어딘데요?"

"D시예요."

D시라면 우리 동네를 경유해서 1시간 더 가면 되는 도시였다. 잘하면 같은 기차를 탈 수도 있었다.

"몇 시 기차예요?"

예쁜 손목시계를 쳐다보던 혜민 씨가 말했다.

"10시 반차예요."

"저도 10시 반차예요. 저희 집은 중간에 있거든요."

혜민 씨와 같은 기차를 타고 시간을 보낼 수 있다니, 나는 꿈인지 생시인지 뺨을 꼬집어보고 싶었다. 기차를 타고 같이 가다보면 많은 이야기를 나누게 될 것이다. 어쩌면 연락처를 얻게 될지도 모른다. 자주 연락하다 보면 연인으로 발전할 수도 있을 것이다. 일이 잘 풀린다면 결혼까지 이어질지도 모르는 일이다. 생각은 꼬리에 꼬리를 물고 나를 행복의 나라로 이끌었다.

"잠깐만 기다리세요."

나는 얼른 역으로 뛰어가서 음료수 두 개를 사왔다. 음료 하나를 혜민 씨에게 건넨 후에 우린 벤치에 앉았다. 지금의 나는 고등학생이 아니라 휴학한 대학생이다. 적어도 혜민 씨는 그렇게 알고 있으니 대학생인 것이다.

"잘 지내시죠?"

"......"

혜민 씨가 말없이 웃었다. 아름다운 미소가 씁쓸하게 느껴졌다.

"사실은……. 휴학계를 내고 집으로 돌아가는 길이에요."

"휴학계를 내셨다고요?"

큰일이다. 휴학계를 낸다는 것은 자취생활을 접었다는 것이다. 집으로 돌아가면 영원히 만날 수 없을지도 모른다. 연락처를 반드시 받아야겠다고 다짐했다.

"영규의 죽음이 자꾸 생각이 나서……. 도저히 학교를 다닐 수가 없더라고요. 한동안 집에서 좀 쉬려고……."

혜민 씨가 힘없이 고개를 떨구었다. 불쌍한 혜민 씨. 어쩌면 혜민 씨는 영규 형이 분신해서 죽는 모습을 보았는지도 모른다. 끔찍한 광경이 자꾸만 생각나서 학교를 다닐 수 없었을 것이다. 영규 형을 생각하니 마음이 무거워졌다. 말이 없던 혜민 씨가 입을 열었다.

"영규가 죽기 전에 항상 팔봉 씨 이야기를 했어요."

"네? 제 얘기를 했다고요?"

처음 들어보는 이야기였다.

"어떤 이야기를 했는데요?"

"팔봉 씨 별명이 순교자라면서요?"

"아, 네."

나는 머리를 긁적거렸다. 영규 형이 혜민 씨에게 내가 전학가게 된 사연을 이야기한 모양이었다.

"영규가 죽음을 택한 것은 아마도 팔봉 씨에게 영향을 받았나 봐요."

귓가에 벼락이 떨어지는 것 같았다.

"네? 제 영향을 받았다고요?"

나는 너무 놀라 두 눈을 크게 뜨고 입까지 벌렸다.

"영규는 술자리에서 항상 순교자 이야기를 했었어요. 전교생이 모인 예배당에서 이사장인 목사님을 당황하게 만든 이야기 말이에요. 예전에는 술자리에서 웃고 넘기는 재미있는 이야기로만 알았어요. 그런데 영규가 죽은 후 곰곰이 생각하니 영규가 평소에 무슨 생각을 하고 있었는지 알 것 같더라고요."

"여, 영규가 무슨 생각을 했는데요?"

"영규는 팔봉 씨 이야기를 하면서 불의에 타협하지 않는 의지와 부정에 맞설 수 있는 행동하는 양심에 관해 말하곤 했어요. 영규는 거대한 세력 앞에서 당당하게 소신을 이야기하는 팔봉 씨의 용기를 부러워했어요."

"아녀요. 전 그렇게 대단한 사람이 아니에요."

"팔봉 씨는 적어도 옳지 않는 것을, 옳지 않다고 말할 수 있는 용기 있는 사람이잖아요."

나는 부끄러워 머리를 긁적였다. 그건 혜민 씨가 나를 모르고 하는 소리다. 나는 절대 용기 있는 사람이 아니다. 혜민 씨는 길게 이어진 철로를 바라보며 말했다.

194

"엄혹한 시대잖아요. 옳은 것을 옳다고 말하는 것조차 쉬운 일이 아닌 세상이잖아요. 권력에게 눈치를 보는 세상이잖아요. 공권력이 학생을 때려 죽여도 언론은 권력자를 비호하고, 권력자의 하수인이 되는 세상이잖아요. 유전무죄, 무전유죄. 정의가 없는 거대한 권력 앞에서 학생들이 부르짖는 소리는 공허한 메아리죠. 영규는 다만 팔봉 씨처럼 세상에 바른 소리를 하고 싶었던 거예요. 엄혹한 시대에 핍박받는 노동자들의 삶을 세상에 알렸던 전태일 열사처럼 영규는 정의가 사라진 세상에 진실된 목소리를 내고 싶었던 거예요. 하지만 용기가 없었어요. 그래서 술만 취하면 팔봉 씨의 이야기를 농담처럼 했어요. 스스로의 용기 없음을 한탄하면서 말이죠."

플랫폼 시멘트 바닥에 둥근 점이 하나씩 늘어났다. 혜민 씨의 뺨에서 떨어진 눈물이었다. 나는 숙연해졌다. 혜민 씨는 영규 형을 좋아했던 모양이다. 캠퍼스 커플이었는지도 모른다. 연인 사이였다면 영규 형은 정말 나쁜 사람이다. 사랑하는 사람을 남겨두고 죽음을 택하다니 말이다. 나 같으면 죽지는 않았을 것이다. 저렇게 예쁜 애인을 놔두고 죽긴 왜 죽느냐 말이다. 혜민 씨의 목소리가 들려왔다.

"하지만 영규는 죽음으로 스스로의 용기를 증명했어요. 이 땅의 정의를 위해서, 사천만 국민들을 위해서 몸을 바친 거예요. 신념을 위해 목숨을 바치는 것은 아무나 할 수 있는 것은 아니죠. 영규는 민주주의의 순교자가 된 거예요."

눈가를 닦은 혜민 씨가 고개를 들어 나를 보며 웃었다. 울어서 붉게 상기된 얼굴이었지만 무척이나 아름다웠다. 마치 아침 이슬을 맞은 목련꽃 같았다. 나는 가슴이 두근거려 혜민 씨를 쳐다보지 못하고 몸을 돌렸다. 등 뒤에서 혜민 씨의 목소리가 들려왔다.

"자책감 갖지는 말아요."

혜민 씨는 내가 등을 돌린 것을 자책감 때문인 줄 아는 모양이었다.

"영규가 죽은 것은 팔봉 씨 때문이 아니에요. 팔봉 씨의 용기 덕분에 진짜 용기 있는 사람이 된 거죠. 팔봉 씨는 자책하지 말아요."

나는 부끄러웠다. 자책감이 들어야 할 때 여자를 생각하는 양심 없는 인간이었다. 너무 부끄러워서 쥐구멍이 있다면 들어가고 싶었다.

나는 스스로에게 물었다. 나는 용기 있는 사람인가? 아니다. 나는 용기 있는 사람이 아니었다. 정의롭지도 않고 비굴한 사람이었다. 힘센 자들의 눈치를 살피고, 부정한 일에 눈을 감는 간사한 사람이었다. 난 한번이라도 정의를 위해 싸운 적이 없었다.

"혜민 씨, 전 용기 있는 사람이 아니에요."

"아니에요. 팔봉 씨는 용기 있는 사람이에요. 영규는 하늘나라에서도 팔봉 씨를 고맙게 생각하고 있을 거예요."

영규 형이 내 실체를 알았다면 목숨을 버리지는 않았을 것이다. 영규 형에게 정말 미안한 마음이 들었다. 나는 영규 형에게 빚을 진 것 같았다.

멀리서 기차가 들어오고 있었다. 기차를 타려는 사람들이 플랫폼으로 모여들었다. 사람들이 기차를 타기 위해 줄지어 섰다. 나이든 사람도 있었고, 청바지에 청자킷을 입은 젊은이들도 있었다. 다가오던 기차가 멈춰 섰다. 차문이 열리고 사람들이 쏟아져 나왔다. 사람들을 토해낸 기차는 다시금 사람들을 삼키기 시작했다.

"팔봉 씨."

혜민 씨가 함께 타자고 손짓을 하였다.

"갑자기 할 일이 있어서……. 다음에 또 봐요."

나는 몸을 돌려 역으로 뛰어갔다. 기차에 타려고 할 때 갑자기 창식이가 생각났던 것이다. 어째서 그 상황에 창식이가 생각났던 것일까? 가난한 주정뱅이 아버지를 가진 빽 없는 창식이에 대한 연민 때문이었을까? 내 마음속에 발톱의 때만큼 남아 있던 정의감 때문이었을까? 죽은 영규 형에 대한 미안함 때문이었을까? 아마도 영규 형 때문이었을 것이다. 영규 형의 정의 바이러스가 내 몸에 들어온 것이 분명했다. 내 가슴으로 정의 바이러스가 들어와 약하고 겁 많고 소심한 마음을 감염시킨 것이다.

창식이 구출작전

나는 시내 문구점에서 매직과 커다란 종이를 사서 자취
방으로 돌아왔다. 그리곤 책상에 앉아서 종이에 쓸 글을
종일 궁리했다. 나는 점심과 저녁도 안 먹고 글을 썼다. 이
렇게 오랫동안 무언가를 하기 위해 책상에 앉아 있어 본
적은 없었던 것 같다. 글을 쓰고 나니 깜깜한 밤이었다. 방
바닥에 구겨진 종이가 나뒹굴었다. 내 방은 마치 쓰레기장
같았다. 나는 토요일에 집에 가지 않고 자취방에서 글을
썼다.

일요일 저녁 무렵, 집으로 갔던 병아리와 사시미가 돌아
왔다. 나는 주말에 내가 쓴 글을 보여 주었다.

"이걸 종이에 써서 학교담장에 붙이는 거야. 내 생각이
어때?"

병아리와 사시미의 얼굴이 일그러졌다.

"야, 임마! 너 미쳤냐?"

이렇게 말하는 것은 사시미였고,

"이건 아닌 것 같다. 하지 마라, 팔봉아."

하고 말하는 것은 병아리였다.

"새끼들아, 니들이 인간이냐? 창식이가 극장골목에서
우릴 구해 준 것 잊었냐? 졸업도 얼마 안 남았는데 퇴학이
라니, 창식이 인생이 불쌍하지도 않냐? 고등학교 졸업이라
도 해야 하잖아."

사시미가 얼굴을 찌푸리며 말했다.

"그건 그렇지만 이런다고 창식이가 구제되겠냐? 창식이
구하려다 철호가 퇴학당하면 어떡하냐?"

"철호는 부자 아버지를 둬서 퇴학되지 않아. 넌 유전무
죄, 무전유죄도 모르냐? 갠 괜찮아."

"하긴……."

팔짱을 낀 사시미가 고개를 끄덕였다.

병아리가 불안한 얼굴로 말했다.

"팔봉아, 모난 돌이 정 맞는다고, 이걸 붙였다가 걸리기라도 하면 우리만 작살나는 거야. 생각해 봐라. 선생님들이 가만있겠냐? 박살나는 건 둘째치고라도 퇴학당하기라도 하면 어떡해?"

"학력고사가 두 달 밖에 안 남았는데 퇴학시키겠냐? 기껏해야 정학이지."

사시미가 끼어들었다.

"정학? 정학이 뭔데?"

"일정기간 학교에 못가는 벌이야."

"어! 그거 괜찮네."

"같이 할 거냐?"

"아니. 생각 좀 해 볼게."

사시미가 팔짱을 끼고 생각에 잠겼다. 녀석이 자꾸 머리를 좌우로 흔들었다. 못한다는 글자가 이마에 붙어 있는 것 같았다. 이래서 초식동물들이 문제인 거다. 강자에게 부당하게 핍박을 당해도 저항할 줄 모르는 거다.

병아리와 사시미뿐만 아니라 우리나라 국민 대부분은 소와 양 같은 초식동물들이다. 부당하게 대우받아도 그러려니 하고 참고 살아가는 것이다. 지배자에게 지배를 당하고 착취나 당하면서 살아가는 것이 당연하다고 생각한다면 조선시대와 다를 바가 무엇인가? 그렇게 보면 동학운동과 3·1운동은 대단한 사건이라고 할 수 있었다.

세상이 변화하는 것은 부당한 세상에 저항하는 영규 형과 같은 사람들 덕분이다. 그렇게 보자면 순교자들은 성난 황소 같은 사람이다. 순한 황소가 아닌 성난 황소. 뜨거운 콧김을 품으며 날카로운 뿔을 곧추세운 체 죽음을 무릅쓰고 적에게 달려드는 성난 황소 말이다. 나는 성난 황소가 되기로 했다.

"내가 책임질게."

사시미가 물었다.

"네가 책임진다니?"

"만약 걸리면 내가 전부 뒤집어쓴다고. 어차피 내가 저지른 일이니 걸리면 내가 책임질게. 니들은 나를 좀 도와주기만 하면 돼."

다음날 아침, 우린 일찌감치 집을 나섰다. 해가 뜨지 않아서 어둑어둑했다. 길거리에 오가는 사람도 없었다. 우린 모자를 깊게 눌러썼다. 이렇게 일찍 집을 나온 이유는 우리가 겁이 많은 초식동물이기 때문이다. 들키면 책임진다고 했지만 들키지 않으면 책임지지 않아도 되는 것이다.

사실 난 순교자가 될 생각은 없다. 들켜서 선생님에게 매를 맞는 것은 상상만 해도 끔찍하다. 하지만 이런 살 떨리는 일을 하는 이유는 내 가슴에 손톱의 때만큼 남아 있는 정의감 때문일 것이다. 누구에게나 정의감은 있는 것이니까.

사시미와 병아리는 사람이 오는지 망을 보고 나는 학교 담장에 대자보를 붙였다. 매직으로 꾹꾹 눌러쓴 대자보의 글을 보니 마음이 흐뭇했다.

K고교 학우 여러분, 안녕하십니까?

저는 안녕하지 못합니다.

3학년생인 마철호와 김창식이는 무단가출로

출석일수를 채우지 못했습니다.

하지만 창식이는 퇴학이 결정되었고,

철호는 학교에 다닙니다.

두 사람이 같은 잘못을 저질렀는데

어째서 다른 처벌을 받은 것일까요?

이것은 공평하지 못한 일입니다.

K고등학교의 교훈은 '박애, 정의, 실천' 입니다.

　　박애란 모든 사람을 평등하게 사랑한다는 말입니다.

　　창식이를 다시 학교에 다닐 수 있게 해 주십시오.

　　졸업을 앞둔 학생에게 퇴학은 가혹한 일입니다.

　　철호와 같은 잣대로 창식이를 처벌하는 것이 정의일 것입니다.

　　한 한생의 미래를 위해 학교가 선처해 주신다면

　　학생들은 박애와 정의와 실천의 정신을 배우게 될 것입니다.

　　부디 창식이가 복학할 수 있도록 선처해 주십시오.

　　담장에 대자보를 붙인 후, 우린 집으로 돌아왔다. 이른 아침이어서 아무도 본 사람은 없었다. 마치 아무 일 없다는 듯이 학교에 가면 학교는 발칵 뒤집혀 있을 것이다. 선생님들이 범인을 색출하려 하겠지만 어려울 것이다. 왜냐하면 내가 딱 잡아 뗄 테니까.

　　우린 가벼운 발걸음으로 자취방을 나섰다. 학생들이 꾸역꾸역 등교하고 있었다. 정문 앞에 나의 대자보를 읽는 아이들이 모여 있을 것이다. 대자보를 읽은 아이들은 격분하여 창식이의 선처를 요구할 것이다. 학교는 벌집을 건드린 것처럼 소란스러울 것이다.

하지만 나의 예상은 보기 좋게 빗나가고 말았다. 대자보를 붙인 자리에 아무것도 없었다. 마치 그곳에 본래 아무것도 없었던 것처럼 말이다.

"저게 어떻게 된 거야? 왜 대자보가 사라졌어?"

사시미가 말했다.

"너 제대로 붙인 게 맞냐?"

"단단히 붙였어."

"귀신이 곡할 노릇이네."

병아리가 말했다.

"선생님이 출근하다가 발견하고 치운 것 아냐?"

점심시간에 병아리의 추측이 맞아떨어졌다는 것을 알게 되었다. 출근하던 선생님이 대자보를 발견해서 치워버린 것이다. 교무실에서 선생님들이 대자보를 읽고 범인을 색출하기 위해 창식이의 반 아이들을 조사했다는 이야기가 들렸다. 창식이 반 아이들은 영문도 모르고 선생님의 취조를 당해야만 했다. 소문이 발이 달리지 않았지만 점심시간 이후에 대자보 사건이 알려지게 되었다. 하지만 학교를 흔들 정도의 위력은 아니었다.

학력고사 준비에 혈안이 된 아이들은 남의 일처럼 생각했고, 선생님들도 대수롭지 않게 여기는 것 같았다. 범인을 색출하려는 의지도 없었고, 잡을 생각도 없었다. 큰일이라도 일어날 줄 알았는데 내 생각과는 다르게 흘러갔다. 나는 커다란 호수에 작은 돌멩이 하나를 던진 것에 불과했다. 동심원을 일으키던 물결은 잔잔해졌고 나는 고요한 호수를 바라보며 허무함을 느꼈다.

"이렇게 해서는 안 되겠어."

집으로 돌아온 나는 종이를 펼쳐놓았다.

"또 왜?"

사시미가 얼굴을 찌푸리며 말했다.

"대학생들이 공권력을 상대하는 것이 계란으로 바위 치는 것과 같다더니, 정말 오기가 난다."

나는 정말로 화가 났다. 친구의 불행을 남의 일처럼 생각하는 아이들과 한 학생의 미래가 망가지는 데도 신경 쓰지 않는 선생님과 학교에 분노했다.

"불가능한 일이야. 이번에도 붙여놓으면 선생님이 또 떼어 버릴 거야."

병아리가 말했다.

"이번에는 학교에 안 붙일 거야."

"학교에 안 붙인다고? 어디 붙일 건데……."

"다 생각이 있어."

나는 열심히 궁리해서 글을 완성했다. 우린 준비한 종이에 매직으로 글자를 썼다. 밤늦도록 대자보를 수십 장이나 만들었다. 이른 새벽, 우린 인환이 형의 도움을 받아 학교 가는 길에 있는 영화 광고판, 전봇대와 담장에 대자보를 붙였다.

저는 정말 궁금합니다.

우리는 학교에서 무엇을 배우는 걸까요?

학교는 지식과 양심을 가르친다고 합니다.

하지만 학교에서는 세상을 살아가기 위한 지식이 아니라 대학을 가서 먹고 살기 위한 지식을 가르칩니다.

학교에서는 사람들과 더불어 살아가기 위한 양심이 아니라 남을 이기려는 경쟁심과 나만 잘살면 된다는 이기주의를 가르칩니다.

저는 한 친구의 퇴학을 통해서 학교를 다시 보게 되었습니다.

돈이 있으면 퇴학당하지 않고, 돈이 없으면 퇴학당한다는 세상의 무서운 법칙을 학교에서 배웠습니다.

도대체 학교란 무엇인가요?

학생들은 자신의 미래를 위해 불행한 한 친구의 미래를 외면합니다.

선생님들은 불쌍한 한 제자의 앞날을 걱정하지 않습니다.

학생들은 과연 K고교에서 무엇을 배우는 것일까요?

저는 정말 궁금합니다.

우리학교 주변에는 고등학교가 두 개나 더 있었다. 수많은 학생들이 대자보를 볼 것이다. 선생님도 수많은 대자보를 일일이 없앨 수 없을 것이다. 그것으로 끝이 아니다. 나는 결정적으로 교육청 담장에 대자보 몇 장을 더 붙였다.

"이게 통할까?"

"안 먹힐 것 같은데……."

병아리와 사시미는 반신반의했다. 우리가 등교했을 때 학교는 두 녀석의 예상처럼 아무 일이 없는 것 같았다. 학생들도, 선생님들도, 대자보에 대해 이야기하는 사람이 없

208

었다. 학교는 늘 그렇듯이 평온한 수업의 연속이었다. 선생님들은 가르쳤고, 학생들은 배웠다. 학교의 일상은 언제나 똑같았다. 학교는 흔들리지 않았다.

나는 낙담했다. 여러 개의 돌을 던졌지만 커다란 호수는 반응하지 않았다. 호수는 마치 돌을 던지지 않은 것처럼 고요하고 적막했다. 하지만 그것은 폭풍전야의 고요였다. 점심시간 무렵, 학교는 벌집을 쑤신 것 같았다.

학생들은 한 명도 빠지지 않고 운동장으로 모여 주십시오.
학생들은 한 명도 빠지지 않고 운동장으로 모여 주십시오.

스피커에서 학생주임선생님의 목소리가 들려왔다.

교실에 남아 있다가 걸리면 죽는다. 빨리 운동장으로 튀어나와.

점잖게 말을 하던 학생주임선생님의 목소리가 험해졌다. 화가 많이 난 모양이었다.

"드디어 올 것이 왔구나."

사시미가 겁에 질린 얼굴로 중얼거렸다.

"어떡하지?"

병아리가 물었다.

"뭘 어떡해? 끝까지 우겨. 우리가 한 거 아니야. 우기면
돼. 우기면 아무도 몰라."

나는 사시미와 병아리에게 다짐을 주었다. 학생들은 점
심을 먹다말고 운동장으로 뛰어갔다. 우리도 학생들 틈에
섞여 운동장으로 나갔다.

교단 위에 몽둥이를 들고 서 있는 학생주임선생님은 저
승사자처럼 기세등등하였다. 내용을 모르는 아이들은 갑
자기 소집령이 내려진 이유를 몰라 주변 아이들에게 물어
보았다. 영문을 모르겠다는 아이들이 대부분이었다.

"도대체 무슨 일이야?"

나는 시치미를 뗐다. 병아리와 사시미도 마치 아무것
도 모르는 것처럼 행동했다. 월요일 조회시간처럼 우리들
은 열을 맞춰 섰다. 담임선생님들은 앞줄에서 서서 간격을
맞췄다. 학생주임선생님이 확성기를 들고 소리쳤다.

"오늘 학교주변에 대자보 붙인 놈 누구야?"

아이들이 웅성거렸다. 대다수 아이들이 대자보를 몰랐

기 때문이다. 교감선생님이 계단에서 내려와서 학생주임 선생님께 속삭였다. 학생주임선생님이 고개를 끄덕하더니 확성기를 들고 말했다.

"1학년과 2학년은 교실로 돌아가도 좋다."

교감선생님은 범인이 3학년 가운데 있다고 생각한 모양 이었다. 하긴 누가 봐도 1, 2학년의 소행은 아니다. 1학년 과 2학년 학생들이 썰물 빠지듯이 교실로 사라졌다. 운동 장에는 10개 반 600여 명의 3학년들만 남았다. 매서운 독 수리처럼 우릴 노려보던 학생주임선생님이 종이 하나를 꺼내 펼쳐들고 소리쳤다.

"좋은 말 할 때 나와라. 오늘 학교주변에 이런 대자보 붙 인 놈 누구야?"

내가 쓴 대자보였다. 나는 왠지 감격스러웠다. 아이들은 영문을 모르겠다는 듯이 좌우를 돌아보았다. 다시 말하지 만 나는 순교자는 아니다. 난 겁이 많고 약한 초식동물일 뿐이다. 만약 내가 순순히 자백하면 성난 선생님께 박살날 것이다. 무서운 저승사자에게 순순히 목을 바칠 사람이 어 디 있겠는가.

"필적 대조해 보면 다 나와. 빨리 자수해. 자수하면 살려

준다."

사시미와 병아리가 힐끔 나를 바라보았다. 겁을 먹은 모양이었다. 세 사람이 대자보를 썼으니 필적을 대조해 보면 셋 중 하나는 걸릴 것이다. 하지만 정말 필적을 대조할지는 두고 봐야 안다. 나는 고개를 좌우로 흔들었다.

"정말 안 나와? 걸리면 죽음이다. 용서해 줄 테니 어서 나와라."

학생주임선생님이 채찍과 당근을 제시했지만 아이들은 누구도 나서지 않았다. 교단 아래에 있던 교감선생님이 학생주임선생님의 귀에 또 속삭였다. 고개를 끄덕이던 주임선생님이 확성기를 들고 말했다.

"문과 · 이과 전교 200등 뒤로는 각자 교실로 들어가도 좋다."

말도 안 되는 소리였다. 600명 중 200명이 공부를 못한다는 이유로 용의선상에서 제외되었다. 곰곰이 생각해 보니 공부를 못하는 애들은 이런 짓을 할 수 없다고 생각하는 것 같았다. 이런 것까지 성적을 따지다니 왠지 모르게 자존심이 상했다. 내 마음도 모르고 사시미와 병아리는 화색이 되어 말했다.

"공부 못하는 것이 도움이 될 때도 있네."

"맞아. 맞아."

우리 중에 제일 성적이 좋은 병아리는 문과에서 전교 201등이라 제외되었다. 변변치 못한 화상들 같으니라구. 공부를 못한다는 이유로 지옥의 심문장에서 빠져나왔지만 왠지 기분이 더러웠다.

운동장에 남아 있던 아이들은 학생주임에게 시달리다가 수업시간이 되어서야 교실로 돌아왔다. 애꿎은 애들이 나 때문에 고생을 한 것이다. 교실로 들어온 아이들이 또라이 때문에 고생했다고 욕을 바가지로 했다. 나는 귀가 간지러 웠지만 아이들과 동참하여 범인인 나를 열렬히 비난했다.

이 사건의 최대 수혜자인 철호는 자기 자리에서 엎드려 있었다. 저도 양심이 있다면 외지에서 몇 달을 동거했던 창식이를 어떻게든 도와주었을 것이다. 아니, 양심이 있어서 아무런 말도 하지 않고 잠자코 자는 척하고 있는 것인 지도 모른다.

담임선생님이 들어와 사정을 이야기해 주었다. 학교 근 처에 붙은 대자보는 본래 큰 문제는 아니었다. 문제가 된 것은 교육청에 붙은 대자보였다. 교육청에서 온 전화 한

통이 학교를 움직인 것이었다.

"어떤 놈인지 모르지만 문제가 되면 철호가 퇴학당할
수 있어. 창식이를 위한 마음은 잘 알겠지만 그건 친구를
위하는 것이 아니라 또 다른 친구를 망치는 일이니까 만약
우리 반 학생 중에 범인이 있다면 다시는 그러지 마라."

담임선생님의 말씀도 옳았지만 뭔가 이상했다. 마치 똥
누고 밑을 닦지 않는 느낌이라고나 할까? 뭔가 중요한 것이
빠진 것 같았다. 그것이 무엇일까? 자취방으로 돌아와서
곰곰이 생각한 끝에 선생님은 창식이가 아니라 철호 편을
들고 있다는 것을 알았다. 주인공은 창식이가 아니라 철호
라는 말이다. 풀어서 이야기하면 창식이의 퇴학문제는 이
미 끝난 일이니 긁어 부스럼 만들지 말라는 의미였다.

영규 형의 말마따나 세상은 약자 편이 아니었다. 학교에
서는 창식이를 선처해 줄 생각은 없는 듯했다. 다만 돈 많
은 아버지를 둔 철호가 대자보사건에 엮여 퇴학이 될까 봐
걱정하고 있는 것이다.

나는 정말 화가 났다. 세상이 뭔가 잘못된 것 같았다. 공
평하지 않았고 정의롭지 않았다. 남의 일이라고만 생각했
는데 나의 일이 되는 순간 세상이 다르게 보였다. 대학생

들이 거대한 공권력에 맞서는 이유를 알 것 같았다.

영규 형이 나에게 했던 이야기들이 새롭게 다가왔다. 독재자가 권력을 연장하기 위해 부정투표를 했을 때, 무고한 시민이 폭도로 몰려 공권력의 희생자가 되었을 때, 무기가 없는 학생이 정의를 부르짖다가 맞아 죽었을 때, 상식을 가진 사람은 분노할 수밖에 없는 것이다. 분하고 억울하면 저항할 수밖에 없는 것이다.

나는 영규 형이 자신의 몸을 바친 이유를 알 것 같았다. 영규 형은 방관자가 아닌 행동하는 사람이었다. 나는 부정에 눈을 감고 불의를 당연시 여기던 비겁한 방관자였다. 공부를 못하고 힘이 약한 초식동물이라는 이유로 정의에 눈감고 자신을 합리화한 비겁자였다. 공부를 못하고 머리가 나빠도 비겁한 인간은 되고 싶지 않았다. 영규 형처럼 행동하는 사람이 못되더라도 비겁한 방관자는 되지 않을 것이다.

정의를 위하여

나는 개인적으로 철호가 밉지 않았다. 녀석이 육식동물이긴 해도 알고 보면 불쌍한 녀석이다. 엄마가 암으로 죽지 않았다면, 아빠가 새엄마를 들이지 않았다면 삐뚤어지지 않았을 것이다. 나는 녀석을 이해한다. 하지만 이번 사건을 통해 녀석이 미워졌다.

철호는 함께 동거했던 친구를 배신한 녀석이다. 녀석이 부자 아버지에게 매달려 졸랐다면 창식이는 퇴학이라는 처분을 당하지 않았을 것이다. 두 달만 학교를 다니면 고등학교 졸업장을 딸 수 있는데 퇴학이라니. 고등학교 졸업장도 없이 사회에 나가서 대체 무엇을 한단 말인가? 창식이는 막노동이나 하면서 살아가야 할 것이다.

이제는 이판사판이다. 창식이가 퇴학당하면 철호도 퇴학을 당해야 한다. 학교에서도 이 부분에 관해서는 책임을 져야 한다. 그것이 올바른 일이고, 정의로운 일이다. 나는 대자보를 쓰지 않고 편지를 쓰기로 했다. 학교가 무서워하는 교육감에게 편지를 쓰기로 했다. 이것이 내가 할 수 있는 마지막 수단이었다.

교육감님 안녕하십니까?

저는 K고등학교에 다니는 학생입니다. 제가 교육감님께 편지를 쓰게 된 것은 공정하지 못한 학교의 처분 때문입니다.

제 친구 창식이와 철호는 불쌍한 아이들입니다. 창식이는 어려서부터 아버지의 주사와 폭력에 시달려 왔습니다. 녀석은 초등학교와 중학교 때까지 공부를 잘했습니다. 1등을 한 적도 많습니다. 그런데 아버지의 주사와 폭력 때문에 공부를 못해서 성적도 떨어지고 이사까지 가야 했습니다. 녀석은 착하고 정의로운 녀석입니다. 제가 보장할 수 있습니다. 녀석이 가출을 한 것은 아버지의 행패를 견딜 수가 없었기 때문입니다.

철호는 어머니가 암으로 돌아가셨습니다. 엄마를 잃은 충격이 채 가시지도 않았는데 새엄마가 들어왔습니다. 철호의 아버지는 돈을 버는데 바빠서 집에 잘 들어오지도 않았습니다. 철호를 소홀히 대하셨습니다. 가정의 무관심이 아니었다면 철호는 가출하지 않았을 것입니다.

두 녀석은 대도시에서 막노동을 하며 살았습니다. 막노동 보조를 하면서 일당 18,000원을 받았습니다. 한 달에 30만 원하는 여관방을 전전하면서 살았습니다.

철호의 아버지가 아니었다면 두 녀석은 지금도 대도시 구석진 여관방에서 살고 있었을지도 모릅니다. 끌려오듯이 집으로 돌아온 두 녀석은 교칙에 의해 처벌을 받았습니다.

창식이는 무단결석일 수가 많다는 이유로 퇴학이 정해졌습니다. 하지만 철호는 어떤 처벌도 받지 않고 학교를 다니고 있습니다. 똑같이 결석했는데 이렇게 다른 처벌을 받게 된 것은 공정하지 못한 일입니다.

저는 평소 창식이에게 많은 도움을 받았습니다. 다시 한 번 강조하지만 녀석은 착하고 괜찮은 놈입니다. 제가 바라는 것은 철호가 똑같이 퇴학을 당하는 것이 아닙니다. 불쌍한 창식이가 구제되는 것입니다. 저는 창식이가 고등학교를 무사히 졸업하길 바랍니다. 고등학교 졸업장이라도 따서 세상으로 나가길 바랍니다.

교육감님, 불쌍한 녀석의 인생을 구해 주십시오. 교육감님께서 창식이를 구해 주신다면 저는 평생 교육감님의 성함을 잊지 않고 기억하겠습니다. 교회에 갈 때나 절에 갈 때 예수님과 부처님께 기도하겠습니다. 교육감님께서 승승장구하셔서 언젠가 반드시 교육부장관이 되시길 기원하겠습니다. 정말입니다.

창식이를 구해 주십시오. 저는 교육감님만 믿고 이만 편지를 줄입니다. 그럼 안녕히 계십시오.

PS- 교육감님께서 창식이를 구해 주시지 않는다면 저는 교육부장관님께 편지를 쓸 생각입니다. 물론 교육감님의 성공을 빌지도 않겠습니다. 후회하셔도 소용없습니다. 교육부장관님이 구해 주시지 않는다면 어떻게 할거냐구요? 대통령님에게 편지를 쓰겠습니다. 제가 별로 좋아하지 않는 대통령님이지만 친구를 구하기 위해서 저는 편지를 쓸 겁니다. 사실 편지 쓰는 것은 제게 어려운 일이 아닙니다. 나중에 후회하지 마시고 불쌍한 창식이를 구해 주십시오. 감사합니다.

나는 정말 솔직하게 편지를 썼다. 장난 같아 보이지만 실제 내 마음을 그대로 담은 것이다. 나는 이 편지를 다음 날 아침에 교육청으로 부쳤다. 이제 내가 할 수 있는 일은 기다는 것 밖에는 없었다.

그로부터 이틀 후, 엄청난 일이 일어났다. 1교시 수업이 시작되기 전 담임선생님이 들어와 내 이름을 불렀다.

"김팔봉."

"네?"

"잠깐 나와라. 볼 일이 있다."

"저한테 볼일이 있다고요?"

"잠깐 교장실로 가자."

"교장실이요? 거, 거긴 왜요?"

"가 보면 알아."

뭔가 불길한 느낌이 엄습했다. 교장선생님이 나를 찾을 이유가 무엇인가. 나는 담임선생님과 함께 교실을 나왔다. 선생님이 주머니에서 봉투 하나를 꺼내셨다.

"팔봉아, 이게 뭔지 아니?"

선생님의 물음에 가슴이 철렁 내려앉았다. 교육감에게 보낸 편지가 어째서 담임선생님의 손에 있는 것일까? 편지지에 내 이름을 쓰지 않았는데 선생님은 어떻게 나를 콕 집어 부른 것일까? 내가 범인이라는 것을 알아버린 것일까?

"이거 네가 쓴 거지?"

내 마음을 들여다본 것처럼 담임선생님이 물었다.

"……."

내가 범인이라는 것을 알아낸 것이 틀림없다. 어째서 이 편지가 담임선생님의 손에 있는 건지 알 길이 없었다. 편지를 교육감님이 본 것일까? 아니면 중간에 끄나풀들이 가로채서 돌아온 것일까? 나는 어떤 처벌을 받게 될까? 내가 쓴 것이 아니라고 우겨야 하는 것일까? 내가 한 일이라고 인정해야 하는 것일까? 만약 인정한다면 나는 어떤 처벌을 받을까? 여러 가지 생각들이 꼬리에 꼬리를 물고 생겨났다.

"대자보도 네가 한 거냐?"

"……."

나는 아무 말도 하지 못했다. 내가 무슨 말을 할 수 있겠나? 전후사정을 알기 전에는 묵비권을 행사하는 수밖에는 없다. 담임선생님이 길게 한숨을 내쉬더니 앞장서서 걸었다. 나는 비 맞은 중처럼 고개를 푹 숙인 채 담임선생님의 뒤를 따랐다. 선생님은 교장실 앞에서 걸음을 멈추었다.

노크를 하고 교장실 문을 열자 백발이 희끗하고 점잖게 생긴 어른과 머리에 기름이 좔좔 흐르는 교장선생님이 보였다. 소파 제일 끝에 창식이가 앉아 있다가 고개를 들어 나를 바라보았다. 창식이는 무거운 얼굴을 하고 있었다.

담임선생님이 백발의 어른에게 인사를 하더니 나에게 말했다.

"인사하렴. 교육감님이시다."

말로만 듣던 교육감님이었다.

"아, 안녕하세요."

나는 말을 더듬으며 인사를 했다. 그러자 교육감님이 웃으며 자리에서 일어났다.

"네가 편지를 쓴 팔봉이구나. 이리 앉으렴."

교육감님이 옆자리를 가리켰다. 나는 다소곳이 교육감님 옆에 앉았다. 내 심장이 두근두근 요동쳤다. 교육감님이 싱글벙글 웃으며 말했다.

"네 편지를 보고 감동을 받았다. 요즘 같이 각박한 시대에 친구를 위해 편지를 쓰는 의리 있는 학생이 있다니 아직도 우리나라 교육의 미래가 밝은 것 같아서 기분이 좋다."

교육감님이 고개를 돌려 교장선생님께 물었다.

"교장선생님, 요즘 보기 드문 학생이 아닙니까?"

"네, 네. 우리학교의 자랑입니다."

교장선생님이 환하게 웃었다. 나는 갑자기 불려나온 이유를 알 것 같았다. 교육감님에게 내 솔직한 편지가 먹힌 것이다. 창식이의 일이 잘 풀릴 것만 같은 희망이 솟아났다. 교육감님이 내 어깨를 토닥거리며 말했다.

"네 편지는 잘 읽었다. 학교의 처분이 불공평하다고 했지? 창식이 문제는 교장선생님과 이야기를 마쳤으니 걱정하지 않아도 된다."

나는 내 귀를 의심했다.

"그, 그럼, 창식이가 구제되는 건가요?"

교육감님이 교장선생님에게 고개를 돌렸다.

"교장선생님이 말씀해 주시죠."

교장선생님이 이마의 땀을 닦으며 말했다.

"뭔가 행정적인 부분에서 착오가 있었던 모양입니다. 교육감님이 말씀하신 대로 창식이의 퇴학처리는 취소하도록 하겠습니다."

교육감님이 고개를 돌려 나에게 말했다.

"대답이 되었니?"

나는 너무 기뻐 하늘로 뛰어갈 것 같았다. 나는 자리에서 일어나 교육감님에게 꾸벅꾸벅 고개를 숙이며 말했다.

"교육감님, 정말 고맙습니다. 정말 고맙습니다."

"팔봉이라고 했지? 창식이는 좋은 친구가 있어 좋겠구나. 앞으로도 우정 변치 말아라."

교육감님이 나와 창식이의 어깨를 토닥거리다가 바깥으로 나갔다. 교장선생님과 담임선생님이 교육감님을 따라 나갔다. 교장실에는 나와 창식이 둘만 남았다. 나는 기분이 뿌듯했다.

"창식아, 정말 잘 됐다. 그치."

"……."

창식이는 웬일인지 고개를 들지 못했다.

"왜 그래? 무슨 일 있어?"

"아, 아니야."

바로 그때, 교장실 문이 덜컥 열리더니 교장선생님과 교감선생님, 담임선생님이 들어왔다. 나와 창식이는 벌떡 일어났다. 교장선생님의 얼굴이 서리 맞은 단풍처럼 붉으락푸르락했다. 교감선생님은 혀를 찼고, 담임선생님은 팔짱을 끼고 나를 노려보았다.

"창식이는 교실로 가라."

교장선생님의 말에 창식이가 꾸벅 인사를 하고 교장실을 나갔다. 밖으로 나간 창식이가 나를 힐끔 보더니 문을 닫았다. 나는 고양이 앞의 생쥐가 된 기분이 들었다. 바로 그때, 교장선생님이 나를 노려보며 소리쳤다.

"이 자식! 당장 엎드려뻗쳐."

나는 영문도 모르고 바닥에 엎드려뻗쳤다. 교장선생님이 소매를 걷으며 물었다.

"저 자식이 전에 다니던 학교에서도 꼴통짓을 하다가 전학 온 놈이죠?"

교감선생님이 대답했다.

"네, 전교생이 모여 있는 예배당에서 헛소리를 해서 여기까지 전학을 왔습니다."

교장선생님이 손가락질하며 말했다.

"아! 열 받아. 선생님, 저런 놈들을 뭐라 하는지 아세요? 반골이라고 해요. 대학에 가면 공부는 하지 않고 데모나 하는 꼴통들이죠. 저런 놈들을 공부시키면 사회에 불만이 가득한 불순분자가 되는 거예요. 나라를 좀 먹는 빨갱이가 되는 거예요."

"네, 네. 잘 알고 있습니다."

"이런 놈들은 가만 놔두면 안 돼요. 조져야 해요."

교장선생님이 교장실 구석에 있던 몽둥이로 내 엉덩이를 마구 때렸다. 엉덩이가 불이 난 듯 아팠다. 멋있게 참아내고 싶었지만 매에는 장사가 없다. 난 한 마리의 구운 오징어가 된 것처럼 몸을 뒤틀었다. 태어나서 이렇게 맞아본 적은 없었다. 지옥이 있다면 이곳이리라.

"이 망할 놈의 새끼, 쥐새끼 같은 놈. 너 같은 놈이 학교를 욕보이고 나를 욕보여?"

열 길 물속은 알아도 한 길 사람 속은 모른다더니. 사실 나는 교장선생님이 교육감님 앞에서 웃고 있을 때 이런 일이 일어나리라고는 예상치 못했다. 대개 교장선생님은 점잖고 교양 있다고 생각하기 마련이었다. 나도 그렇게 생각했었다. 하지만 실제로는 그와는 달랐다. 교장선생님은 미친개 같았다. 아마도 평교사 시절에 미친개처럼 학생들을 때려왔을 것이다.

평생의 버릇이 쉽게 고쳐질 리가 없다. 적절한 비유를 하자면 나는 비 오는 날 먼지가 나도록 맞았다. 너무 아파서일까, 비명도 나오지 않았다. 영화에서 보면 위기의 순간에 구원자가 꼭 나타나던데 현실은 너무나 달랐다. 나는 불방망이 지옥에 떨어진 것이다.

'엄마, 살려주세요. 부처님, 예수님, 지옥의 사자로부터 저 좀 구해 주세요.'

나는 속으로 부르짖었다. 내가 얼마나 믿지도 않는 신을 불렀는지 모를 것이다. 하도 맞아서 머리가 하얗게 되는 것 같았다.

"교장선생님, 이러시면 안 됩니다."

하늘이 무너져도 솟아날 구멍이 있다더니, 구원의 화신이 교장실 문을 박차고 들어왔다. 2학년 담임이었던 김지용 선생님이 뛰어 들어와 교장선생님의 몽둥이를 잡았다.

"뭐, 뭐꼬?"

"교장선생님, 애 잡겠습니다. 그만하십시오."

김지용 선생님이 몽둥이를 빼앗았다.

"뭐, 이런……."

말을 잇지 못하는 교장선생님의 얼굴이 붉으락푸르락
변했다.

"교, 교장선생님 고정하십시오."

발을 동동 구르던 교감선생님이 교장선생님을 말렸다.
교장선생님은 화가 풀리지 않는 듯 식식거리며 말했다.

"지금 고정하게 됐어요? 저놈은 학교의 명예를 실추시
킨 놈이에요. 교육감이 우릴 어떻게 보겠어요? 당장 퇴학
을 시켜도 분이 안 풀려요."

담임선생님이 말했다.

"교장선생님, 학력고사도 얼마 남지 않았는데 이런 일
로 시끄러워지면 학교만 손햅니다."

교감선생님이 거들었다.

"교무주임 말이 맞습니다. 상황도 끝났으니 고정하십시
오."

교장선생님이 김지용 선생님을 노려보며 말했다.

"팔봉인지 구봉인지 앞으로 한 번 더 교육감한테 편지
보내면 당장 퇴학당할 줄 알아. 내가 그 정도 힘이 없을 줄

알아? 너 같은 놈들 때문에 나라가 이 모양인 거야. 꼴 보
기 싫으니 썩 꺼져."

"교장선생님, 실례했습니다."

김지용 선생님이 고개를 꾸벅 숙이더니 내 팔을 끌고 교
장실을 나왔다. 나는 절룩대며 김지용 선생님을 따라갔다.
선생님은 나를 구내식당으로 데려갔다. 담임선생님이 따
라와서 내 곁에 앉았다.

"괜찮냐?"

'괜찮을 리 있겠어요?'

말이 목구멍까지 올라오는 것을 꾸욱 눌러 참았다. 괜
히 까불다가 맞으면 나만 손해라는 것을 너무 잘 알기 때
문이다.

"네가 얼마나 엄청난 짓을 했는 줄 아냐? 친구를 구하고
싶은 네 맘은 잘 알겠는데 너 때문에 우리학교가 교육청의
감사를 당할 뻔했어. 너 때문에 몇 사람의 목이 날아갈 뻔
했단 말이다."

김지용 선생님이 말했다.

"선생님, 학생의 미래가 중요하지 지금 감사가 문젭니
까?"

"김 선생, 세상이 그렇게 호락호락하지 않아요. 하나 때문에 수백 명이 피해를 입으면 김 선생이 책임질 겁니까?"

"전체를 위해 하나를 희생하는 것이 교육의 본질이 아니라고 생각합니다. 하나가 잘되어야 수백 명이 잘될 수 있는 것 아닙니까?"

담임선생님이 못마땅한 듯 얼굴을 찡그리며,

"학생들의 미래를 걱정하는 것은 모든 선생님이 똑같아요. 창식이 퇴학 건은 선생님이 모르는 사정이 있었어요."

"그게 뭡니까?"

"알 것 없어요. 어쨌든 창식이가 퇴학을 면했으니 된 거 아닙니까?"

하곤 나에게 말했다.

"앞으로는 이런 짓 하지 마라. 알겠냐?"

"네."

담임선생님이 구내식당을 나간 후 김지용 선생님은 우동 두 그릇을 시켰다. 김이 모락모락 올라오는 우동을 마주하고 김지용 선생님은 젓가락을 건네며 말했다.

"맞은 곳은 어떠냐?"

"피멍은 기본이죠. 선생님 아니었다면 죽을 뻔했어요."

"죽으면 안 되지. 살아서 세상을 바꿔야지."

"세상이 하루아침에 좋게 바꿔지나요?"

"세상은 저절로 좋아지지 않아. 세상이 좋아지길 바라는 사람들의 투쟁과 희생에 의해 아주 조금씩 바뀌는 거야."

"선생님, 교장선생님에게 찍힌 것 아니에요?"

"불이익은 당하겠지. 하지만 난 겁 안나. 끝까지 싸울 자신이 있거든. 널 보니 힘이 난다. 먹자."

나는 김지용 선생님과 우동을 먹었다. 김지용 선생님을 보면 영규 형이 생각났다. 영규 형이 죽지 않고 학교를 다녔다면 아마도 김지용 선생님 같은 사람이 되었을 것이다. 나는 나중에 영규 형이나 김지용 선생님 같이 용기 있는 사람이 될 수 있을까?

나는 그날 우동 맛도 모르고 우동을 먹었던 것 같다. 뜻밖의 타작에 내 소중한 엉덩이와 종아리에는 피멍이 들었다. 살갗이 울긋불긋 시커멓게 되어서 책상에 앉을 때나 누울 때 엉덩이와 종아리가 바늘로 찌르는 것처럼 아프고 욱신거렸다. 하지만 난 이 피멍을 훈장처럼 생각했다. 이정도로 창식이를 구할 수 있어서 다행이라고 생각했다. 나

는 이로써 모든 것이 끝났다고 생각했다. 하지만 이 사건
은 끝이 아닌 시작이었다.

정의의 대가

다음 날, 부모님이 학교로 불려 왔고 난 일주일 정학을 당했다. 교권을 침범했다는 이유였다. 내 인생에서 처음이자 마지막인 정학을 당했고, 일주일을 학교에 가지 않아도 되었다. 난 생각보다 낙천주의자였다. 사시미와 병아리는 그런 나를 부러워했다. 하지만 학교에 가지 않는다는 것뿐이지 집에서 보내는 시간은 지옥과 같았다.

나는 날마다 아버지에게 구박을 당했다. 저녁시간이면 아버지에게 정신교육을 받아야 했다. 피멍이 가득한 아픈 엉덩이를 부여잡고 말이다. 나는 분명 옳은 일을 한 것 같은데 어른들은 다른 생각을 가진 것 같았다.

"모난 돌이 정 맞는 법이다."

어른들은 옳은 일 한다고 나섰다가 불이익을 당한다고 했다. 정의를 위해 나서면 안 된다는 것이 말씀의 요지 같았다. 법은 멀고 주먹이 가까운 이유는 세상이 무법천지이기 때문이다. 무법천지의 세상에는 권력가와 자본가가 상위에 있으니 되도록 비위를 맞춰가며 살아가야 한다는 것이다.

아버지 말씀대로라면 우리는 정글에서 살고 있는 것이다. 아무런 죄도 없이 눈치만 살피다가 육식동물의 희생양이 되어야 하는 것이다. 그것이 진리고 정의라는 것이다. 사람은 분명 짐승이 아닌데 짐승처럼 살아야 한다는 것이 말이 안 됐다. 뭔가 세상이 잘못되어 돌아가는 것이 아닌가 하는 생각이 들었다.

나는 무릎을 꿇고 죄지은 사람처럼 머리를 조아려 아버지의 말씀을 귀 기울여 듣는 척했다. 납득할 수는 없지만 이렇게라도 해야 긴 연설을 마치기 때문이다.

길고 긴 일주일이 지난 후 학교로 돌아왔을 때 나는 진짜 정글 속에 들어왔다는 것을 실감했다. 일주일 사이에 나는 나쁜 놈이 되어 있었다. 나는 학교의 명예를 실추시킨 고자질쟁이였고 문제아가 되어 있었다. 내가 창식이를 구하려 했다는 본래의 의도는 사라지고 철호를 퇴학시키려 했다는 이야기가 공공연히 떠돌았다.

아이들이 나를 없는 사람처럼 대했고, 선생님들도 나를 냉대했다. 어떤 선생님은 나하고 친하게 지내면 언젠가 반드시 뒤통수를 맞는다고 했다. 내가 이런 냉대를 견딜 수 있었던 것은 학력고사가 한 달 밖에 남지 않았다는 현실과 나를 이해해 주는 선생님과 친구들이 있었기 때문이다.

졸업이 1년이나 2년쯤 남았더라면 나는 또다시 전학을 가야 했을 것이다. 하지만 한 달만 견뎌내면 되었다. 내가 두려운 것은 철호의 보복이었다. 철호가 나를 벼르고 있다는 말은 사시미와 병아리를 통해 들었다.

누가 말했던가. 속마음을 나눌 수 있는 친구만이 인생의 역경을 헤쳐 나갈 수 있는 힘을 제공한다고. 나를 이해하고 비호하는 것은 사시미와 병아리 밖에 없었다. 녀석들은 대자보 사건의 공범이어서 내 마음을 잘 알고 있었다. 녀석들은 창식이를 복학시키려는 내 생각이 철호를 퇴학시키려는 것으로 왜곡된 것을 억울하고 분하게 생각했다. 하지만 현실을 돌이킬 수는 없었다.

"화장실에서 똥 누다가 들었는데 철호가 널 가만 안 둔데."

"아! 씨바. 큰일났다."

나는 철호의 복수를 두려워하는 처지가 되었다. 녀석이 언제 나에게 복수할지 모르는 나로서는 하루하루가 피가 마르는 날이었다. 매도 먼저 맞는 게 낫다고 하지만 나는 철호에게 보복당하기 싫다. 까놓고 말해서 내가 무슨 죄가 있나? 창식이를 복학시키기 위해 철호를 팔긴 했지만 사실 철호야말로 저 혼자 살겠다고 친구를 배신한 녀석이다.

나는 하루하루가 쏜살처럼 지나가서 아무 일 없이 학력고사일이 왔으면 좋겠다고 생각했다. 그래서 늦은 밤, 비키니옷장 앞에서 두 손을 모으고 철호가 모든 것을 잊어버리길 기도했다. 하지만 나의 소원은 이루어지지 않았다.

학력고사를 한 달 앞둔 11월 20일, 철호가 늑대무리와 함께 자취방으로 찾아왔다. 어둑어둑한 저녁 무렵이었다. 겨울이라 5시면 날이 어두워졌는데 그땐 8시쯤 되었을 것이다.

"팔봉이 있냐?"

철호의 목소리였다. 나는 올 것이 왔구나 생각하며 방문을 열었다. 대문 앞에 철호가 서 있었다. 대문 밖에 몇 명이 더 있는 것 같았다. 육식동물이 무리지어 미어캣의 소굴로 찾아온 것이다. 나는 정말로 겁에 질렸다.

"왜?"

"잠깐 나와 봐. 이야기 좀 하자."

"이야기? 여기서 하면 안 되나?"

철호가 눈을 부라렸다. 나는 심장이 덜컥 멈추는 것 같았다. 철호의 기세에 눌린 나는 슬리퍼를 신고 홀린 듯 바깥으로 나갔다. 바깥에는 세 마리의 육식동물이 더 있었다. 철호는 나를 죽이려는 것인가? 혼자서도 나를 때리는 것이 어렵지 않을 텐데 어째서 이렇게도 많이 데리고 온 것일까.

"이 하룻강아지 같은 새끼."

철호는 내 멱살을 잡아 골목길 안으로 들어갔다. 나는 저항도 하지 못하고 골목길로 끌려갔다. 철호는 거칠게 나를 벽으로 몰아붙였다. 그리곤 분노에 가득한 눈으로 노려보며 말했다.

"네가 감히 나를 퇴학시키려고 했냐?"

"오해야. 난 창식이를 구하려고 했던 거야."

"시끄러."

철호의 주먹이 복부에 꽂혔다. 갑자기 숨이 막혔다. 미리 준비하게 말이라도 하고 때릴 것이지.

"건방진 새끼. 창식이 인생은 망가지면 안 되고, 내 인생은 망가져도 되는 거냐?"

"넌 퇴학당하지 않았잖아."

"우리 아버지가 학교에 돈을 먹였다면서?"

"난 그렇게 말한 적 없어."

심증은 있었지만 그렇게 쓴 적은 없다. 정말이다.

"시끄러워 새끼야. 니가 뭔데 우리 아버지가 돈을 썼다는 거야? 우리 아버지가 뇌물이나 쓰는 사람인 줄 알아?"

철호는 주먹으로 나를 마구 때렸다. 나는 몸을 새우처럼 구부려 얼굴을 보호하면서 때리는 대로 맞았다. 깡패들한테 맞는 것도 이력이 나서 몸을 보호하는 게 자연스러웠다. 하지만 아픈 것은 참을 수 없었다.

"미안해. 미안하다고……."

나는 사과하면서 이 보복이 어서 빨리 끝나기만을 바랐다.

"철호야, 그만해."

238

골목길 입구에 누군가가 서 있었다. 병아리였다.

"철호야, 팔봉이 때리지 마라. 팔봉이, 아무 죄 없다."

철호가 주먹질을 멈추고 소리쳤다.

"뭐? 너 지금 뭐라고 했어, 이 병아리새끼야!"

"팔봉이는 아무런 죄도 없다고. 나쁜 놈은 너잖아. 창식이가 퇴학당했는데 넌 가만히 있었잖아."

병아리가 미친 것이 분명했다. 미치지 않고서 어떻게 저런 말을 할 수 있단 말인가.

"이 새끼가……."

철호가 땅을 차고 허공으로 날았다. 영화에서나 보던 이단옆차기가 병아리에게 적중했다. 병아리가 영화에서 보던 것처럼 나뒹굴었다. 철호가 병아리를 밟았다. 나는 병아리가 죽을 것 같아서 달려가 철호의 허리를 잡고 밀쳤다. 철호가 바닥으로 쓰러졌다.

세 마리 늑대들이 달려들었다. 육식동물 네 마리와 초식동물 두 마리는 처음부터 상대가 되지 않았다. 늑대들이 우릴 짓밟았다. 그 와중에 김소월의 진달래꽃이 생각나는 것은 무엇 때문이었을까? 나와 병아리는 진달래꽃이 아니었지만 늑대들에게 즈려 밟히고 있었다. 장렬히 산화한 꽃

239

넋이 되고 있었다.

"야! 이 새끼들아, 그만하지 못해?"

늑대들의 발길질이 멈추었다. 호두나무 아래에서 검은 그림자가 천천히 모습을 드러냈다. 사시미였다.

"새끼들아, 죽고 싶냐? 사시미 한번 떠 줘?"

사시미가 시퍼렇게 날이 선 회칼을 들고 씨익 웃었다. 가로등 아래에서 시퍼런 회칼을 들고 웃고 있는 녀석의 모습은 괴기스럽다 못해 모골이 송연했다.

"저, 저 새끼 뭐야?"

늑대 세 마리가 주춤하며 물러났다. 잘만하면 상황이 종료될 것 같았다. 하지만 세상 일이 내 맘처럼 되는 것은 아니었다.

철호가 성큼성큼 사시미에게 다가갔다.

"자신 있으면 찔러 봐, 이 새끼야. 난 살고 싶은 생각도 없어."

철호가 옷을 젖혀 허연 배를 드러냈다. 당황한 것은 사시미였다. 가로등불 아래에서 일그러진 사시미의 얼굴이 환히 보였다.

"나, 난 그저……."

철호가 사시미의 가슴팍을 내질렀다.

"어이쿠."

사시미가 단발의 비명을 지르며 엎어졌다. 바뀐 것은 네 마리 육식동물이 세 마리 초식동물을 즈려 밟고 있는 것이다. 혼자 맞는 것보다 세 놈이 맞는다는 사실이 나에게 일말의 위안이 되었다.

"이것들이 뭐 하는 거야?"

우렁우렁한 목소리가 들려오더니 발길질이 멈췄다. 고개를 들어보니 인환이 형이 길 가운데 우뚝 서 있었다.

"인환이 형."

하늘이 무너져도 솟아날 구멍이 있다고 했던가? 인환이 형이 이렇게 반갑기는 처음이었다. 인환이 형이 두 눈을 부라리며 소리쳤다.

"백주대낮에, 아니 백주대낮은 아니구나. 이런 밤중에 학생들이 도대체 뭣 하는 짓이야?"

사시미가 죽어가는 목소리로 말했다.

"인환이 형, 살려주세요."

철호가 인환이 형에게 다가가 말했다.

"다치고 싶지 않으면 조용히 꺼지쇼."

"조용히 꺼져? 이 양아치 새끼보소. 머리에 피도 안 마른 새끼가 어른더러 꺼지라니? 간이 배 밖으로 나왔나?"

인환이 형이 코웃음을 쳤다.

"간이 배 밖으로 나온 건 그 쪽인 것 같은데……."

늑대 세 마리가 인환이 형에게 다가갔다. 네 마리 육식 동물들이 정체를 알 수 없는 동물 한 마리를 둘러쌌다.

나는 걱정이 되었다. 사실 인환이 형이 큰 덩치와 험악한 얼굴 때문에 싸우지도 않고 먹고 들어가지만 싸움을 하는 것은 한 번도 본 적이 없었다. 설사 싸움을 한들 육식동물 네 마리를 상대로 이길 수 없을 것 같았다.

나는 여차하면 뛰어들어서 죽기 살기로 싸울 생각을 했다. 4대 4라면 붙어볼 수도 있었다. 적어도 일방적으로 맞지는 않을 것이다. 하지만 내 생각이 이번에도 여지없이 빗나갔다. 늑대들의 발차기와 주먹에 인환이 형은 끄떡도 하지 않았다.

"주먹이 이 정도 밖에 안 되냐?"

코웃음을 치던 인환이 형이 복부에 주먹을 날린 늑대의 멱살을 덥석 잡더니 손바닥으로 늑대의 뺨을 때렸다.

짝——

뺨을 맞은 늑대가 몸을 휘청거리더니 맥없이 주저앉았다. 코피를 줄줄 흘리는 늑대는 흰자위를 뒤집고 있었는데 한방에 기절한 것 같았다. 엄청난 위력이었다. 보고 있던 우리 입이 쩍 벌어졌다.

"너희 같은 조무래기들은 손바닥만으로도 충분하지."

인환이 형이 늑대들의 멱살을 잡아 뺨을 때렸다. 도망가려 해도 우악스런 손아귀에 잡히면 도망칠 수도 없었다. 상대방을 단단히 붙잡고 손바닥으로 한 대 치면 끝이었다. 잇달아 두 놈이 뺨을 맞고 바닥에 드러누웠다.

남은 것은 철호였다. 철호는 불리하다고 생각했는지 바닥에 떨어진 회칼을 들고 위협했다.

"아가야, 연장은 그렇게 사용하는 것이 아니여. 사시미 같은 연장을 사용할 때는 압박붕대로 손잡이와 손을 꽉 묶어야 하는 것이여. 칼이 살로 파고들면 살이 놀라서 뭉치거든. 너처럼 그렇게 사용하면 상대방보다 네 손이 먼저 다쳐. 한번 시험해 보던가."

인환이 형이 웃옷을 벗었다. 인환이 형이 옷을 벗자 화려한 문신이 가득한 몸이 나타났다. 나는 어째서 인환이 형의 몸에 문신이 있는 것을 몰랐던 것일까? 뉴스에서나

243

보았던 조폭들이 몸에 새긴 문신이었다.

인환이 형이 성큼성큼 다가왔다. 회칼을 잡고 있는 철호의 손이 떨리고 있었다.

"아가야, 위험한 칼은 내려놓자."

인환이 형이 아이 달래듯 회칼을 빼앗았다. 그리곤 아무일 없었던 것처럼 웃옷을 다시 입었다. 상황은 이렇게 종료되었다. 인환이 형은 초식동물이 아니었다. 초식동물로 위장한 대형육식동물이었다. 인환이 형은 티라노사우루스였던 것이다.

우리가 코피를 닦고 상처를 치료하는 동안 늑대 네 마리는 티라노사우루스의 방에서 정신교육을 받았다.

"이놈들아, 니들이 얼마나 중요한 시기를 보내고 있는 줄 아니? 지금 주먹이나 휘두르면서 약한 아이들 괴롭히고 때리니까 좋지? 그것이 얼마나 갈 것 같아? 졸업하면 끝인 거야. 니들이 괴롭혔던 아이들한테 당할 차례인 거지. 니들이 괴롭혔던 아이들이 니들과 친구가 되어줄 것 같아? 어림없어. 그들이 사회에서 자리를 잡고 난후에도 괴롭힘이나 당하는 약한 애들이 되어 있을 것 같아? 꿈 깨라. 나중에 친구도 없이 후회하지 않으려면 지금 친구들을 괴롭히지 말고 잘하란 말이다."

인환이 형은 늑대들에게 자신의 과거를 이야기를 해 주었다. 인환이 형은 본래 충청도에서 학교를 다녔었다. 어려서부터 키가 컸기 때문에 배구부를 했는데 유망주라는 소리를 들었다. 하지만 친구의 꾐에 빠져서 조직생활을 하게 되었다. 서울에서 제법 이름 있는 조직이었다. 하지만 조직생활은 영화처럼 멋있지만은 않았다. 골방에서 떼로 모여 살아야 했고, 덩치를 키우기 위해 먹기 싫은 라면을 매일매일 먹어야 했다. 세력을 키우기 위해 다른 조직과 싸웠고, 그 대가로 즐기기도 했다.

형은 조직생활의 대가로 감옥에 두 번 다녀온 후에 조폭의 삶이 얼마나 비참한지 알게 되었다고 했다. 대부분의 조직폭력배는 감옥을 오가는 삶을 살아야 했다. 인생의 절반을 감옥에서 보낸 후 남는 것은 주홍글씨 같은 전과와 사람들의 멸시였다. 친구도 없이 평생 남에게 민폐만 끼치다가 생을 마감하는 것이다.

인환이 형은 늙은 조폭의 모습에서 자신의 지나온 삶이 통째로 날아가 버렸다는 것을 깨닫게 되었다고 했다. 정신을 차렸을 때 남은 것은 전과 2범이라는 훈장과 온몸에 가득한 문신밖에는 없었다.

"조직을 탈퇴하는 것은 어려운 일이었지만 나는 인간답게 사는 길을 택했다. 내가 돈을 모으면 하는 일이 뭔지 아니? 젊었을 적 치기어린 마음에 몸에 새겼던 문신을 제거하는 거다. 니들은 절대 나처럼 살지 마라. 이건 내가 겪은 일이니까 니들한테 거짓말하는 거 아니야. 니들의 미래를 위해서 잘 생각하란 말이다."

인환이 형의 말은 설득력이 있었고 늑대 두 마리는 감동했는지 흐느꼈다.

"철호야, 모든 건 오해야. 이거 한번 읽어 봐."

병아리가 방안으로 들어와 철호에게 연습장을 내밀었다. 그것은 교육감님께 편지를 보내기 전에 연습장에 썼던 초고 편지였다. 녀석은 그 편지를 읽고 울었다. 되게 서럽게 울었다. 한참을 울고 난 후에 철호는 자신의 이야기를 했다.

철호는 창식이가 퇴학된다는 말을 듣고 아버지에게 창식이를 구제해 달라고 빌었다고 했다. 하지만 아버지는 철호를 가출하게 만든 것이 창식이 때문이라고 생각하셨다. 결국 창식이가 퇴학되자 철호는 죄책감에 죽은 듯이 시간을 보낸 것이다. 하지만 얼마 후 교육감님으로부터 창식이가 구제되었다는 소식과 함께 내가 철호를 퇴학시키려고 대자보를 곳곳에 부쳤다는 소문을 듣고 나를 혼내 주려고 벼렸다는 것이다.

"교육감님에게 편지를 보낸 것이 너라는 것을 몰랐어. 정말 미안하다."

"미안하긴……. 몰라서 그런 거지."

나는 웃으며 말했지만 내가 죄 없이 맞아야 했던 것은 분했다. 하지만 철호와 사이가 좋아지게 된 것이 다행이었다. 모든 것이 잘 풀려가는 것 같았다. 하지만 세상은 내 맘대로 되는 것이 아니었다.

철호가 다녀간 지 이틀 후에 창식이가 찾아왔다.

"창식아, 어서 와."

"아냐. 너한테 할 말이 있어서 잠깐 왔어."

"나한테 할 말이 있다고?"

"어제 철호한테 이야기 들었어. 녀석과 한동안 이야기도 안 했는데 너와 오해가 어렵게 풀렸다고 하더라."

나는 얼굴에 든 멍을 만지며 말했다.

"철호는 오해가 풀렸지만 나는 멍이 맺혔어."

"자식, 여전하네."

창식이가 툇마루에 앉았다.

"학력고사가 한 달 밖에 안 남았는데 공부는 잘하고 있
어?"

"밑바닥에서 놀던 놈이 공부는 무슨⋯⋯. 대학은 애초
에 글렀고, 앞으로 무엇을 해야 할지 고민이다."

"글을 잘 쓰던데 글 쓰는 일을 해 보지 그러냐?"

"내가 글을 잘 쓴다고? 농담하냐? 난 백일장도 나가 본
적이 없어."

"그거야 네가 공부를 못하니 그런 거지."

"또 공부네."

한 반에 60명이나 되는 아이들이 콩나물시루처럼 공부
하던 시절에는 백일장에 참석하는 것도 공부를 잘해야 가
능했다. 공부를 못하는 아이들에게는 모든 가능성이 닫혀
있던 암울한 시대였다.

"창식이 넌 시험 준비 잘되 가?"

"난 포기했어."

창식이가 쓸쓸하게 말했다.

"왜? 넌 기본은 되잖아."

"난……."

잠시 말을 멈춘 창식이가 결심을 한 듯 말했다.

"자퇴할 거야."

난 내 귀를 의심했다.

"지금 장난하는 거지?"

"아냐. 난 결심했어. 자퇴하기로……."

"한 달만 참으면 되는데 갑자기 왜 그래? 자퇴하지 마
라. 그럼 내가 뭐가 되냐?"

"너한테는 미안해. 사실 정말 너한테 미안해."

"뭐가?"

"너한테 숨긴 게 있어."

"나한테 숨긴 게 있다고? 네가 나한테 숨길 게 뭐가 있
어?"

"있어. 넌 내가 돈이 없어 퇴학당했다고 생각하지만 그
건 사실이 아냐. 철호와 함께 돌아왔을 때 담임선생님께서
졸업이 얼마 남지 않았다고 계속 학교에 다니라고 하셨어.
학교에서도 퇴학시키지 않고 받아준다고 했어. 그런데 내
가 학교에 가지 않겠다고 한 거야. 내가 퇴학당한 것은 내
의지 때문이지 선생님들 탓이 아니야. 넌 그것도 모르고

나를 위해 일을 크게 벌인 거야."

"왜? 왜?"

"난, 학교 다니기 싫어."

"왜? 한 달만 참으면 되는데 왜?"

잠시 말이 없던 창식이가 무겁게 입을 열었다.

"집이… 지옥 같아서……."

창식이의 두 눈에서 눈물이 주르르 흘렀다. 창식이는 말
없이 손등으로 눈물을 닦았다.

"넌 내 심정을 모를 거다. 술에 취한 아버지가 있는 집
이… 지옥 같아. 집에 있으면 내가 큰일을 벌일 것만 같
아……. 난, 지옥을 벗어나 마음 편하게 살고 싶다."

"……"

난 창식이에게 아무 말도 할 수 없었다. 녀석이 겪어 온
고통스러운 삶을 나는 모른다. 하지만 얼마나 힘들었는지
는 과묵한 녀석의 눈물만으로도 미루어 짐작할 수 있었다.

"너 때문에 다시 학교에 오게 되어 얼마나 당황했는지
넌 모를 거다. 교장선생님이 대자보를 쓴 게 누구냐고 간
절히 물어서 너일 것 같다고 했다. 교장선생님한테 많이
맞았다고 들었는데 미안하다."

250

"아, 아냐."

"난, 나 때문에 네가 고생하는 것도 보기 싫고 죄 없는 선생님들이 나쁜 사람들처럼 오해받는 것도 싫어. 학교에서 돈 받고 철호를 받아준 거 아니다. 학교 규정을 어기면서 우릴 구제해 주려고 하셨어. 넌 그거 알아야 해."

"난 그것도 모르고……. 선생님들한테 미안하네."

"선생님들이 겉으론 무서워도 속으로는 우리들 생각 많이 한다."

"나도 알아. 그런데 의지할 곳은 있냐?"

"내 걱정은 안 해도 돼. 울산에 직업학교가 있는데 숙식도 제공하고 기술만 착실히 배우면 취직은 문제없다더라. 나한테는 딱이지."

"그래. 네 결심이 그렇다면 나도 좋다."

인생에서 뭣이 중요한가? 졸업장? 돈? 성공? 아니다. 스스로 행복하면 되는 것이다.

"팔봉아, 고맙다."

창식이가 손을 내밀었다.

"고맙긴 우린 친구 아이가."

나는 창식이의 손을 굳게 잡았다.

"병아리하고 사시미한테도 고마웠다고 전해 줘. 대자보 붙이느라 수고했다고 말이다."

"알고 있었냐?"

"짐작은 하고 있었다. 니들은 삼총사잖아."

"알았다. 네 인사말 꼭 전할게."

"팔봉아, 그동안 고마웠다. 잊지 않을게."

창식이는 몸을 돌려 사라졌다. 그날따라 녀석의 뒷모습이 무척이나 슬퍼 보였다. 다음날, 창식이는 자퇴서를 내고 더 이상 학교에 나오지 않았다.

무모한 도전

12월이 되면 고등학교 3학년은 대학문제로 더욱 바빠진다. 담임선생님은 전국대학교의 합격 가능점수를 분석해서 학생들의 진로를 상담한다. 공부 잘하는 애들을 집중적으로 상담하기 때문에 나같이 공부 못하는 애들은 뒤로 밀린다. 사실 내 성적으로는 대학교에 가기 어렵다.

우리 같은 애들이 대학에 갈 수 있는 길은 미달이 되는 과에 원서를 접수하는 것뿐이다. 이것을 이른바 눈치작전이라고 하는데 정보력이 좋은 강남아줌마들이 잘하기로 유명했다. 미리 몇 개 대학교에 원서를 써서 대기하다가 마감시점에 미달되는 학과에 밀어 넣는 것이다. 인터넷이

제대로 보급되지 않은 시대였기 때문에 대개 눈치작전은 돈이 많고 정보력이 좋은 부자들이 할 수 있는 것이었다. 나 같이 가난하고 빽 없는 초식동물은 그림의 떡이라 할 수 있었다.

학력고사를 치기 위해서는 한 장의 원서를 대학교에 접수한 후 다음날 시험을 쳤다. 대학은 적은데 학생은 많다는 것이 이 시대의 문제였다. 대학교에 가기 위해 엄청난 경쟁을 해야 했다. 우리처럼 머리 나쁘고 몸도 약한 초식동물들은 경쟁에서 밀리기 십상이었다.

나는 선생님께 사정해서 A대학교에 원서를 냈다. 사시미와 병아리도 같은 학교에 원서를 냈다. 인문계고등학교에서 3년이나 몸을 담았는데 시험은 한번 쳐 봐야 할 게 아닌가.

딴엔 잔머리를 굴려서 작년에 미달된 학과에 원서를 넣었는데 결과는 5대 1이었다. 20명 입학하는데 100명이나 몰린 것이다. 사시미는 2대 1, 병아리는 2.5대 1이었다. 엄마는 내가 대학에 붙을 것으로 생각했는지 학교 정문에 강엿까지 붙였지만 나는 진작에 떨어질 줄 알았다. 병아리와 사시미도 마찬가지였다.

1991년 12월 18일.

날씨도 추운데 하루 종일 눈이 왔다. 창문 밖으로 내리는 눈을 바라보면서 난 종일 의미 없는 시험을 쳐야 했다. 시험 다음날에는 면접을 보았다. 나는 시험을 망쳤다는 것을 알고 있었기에 면접은 보지 않았다. 마지막 자존심이었다. 사시미와 병아리는 경쟁률이 낮았기 때문에 요행을 바라고 면접까지 봤다.

며칠 후, 합격자 발표가 있었다. 각 대학별로 자체적으로 채점한 후 정문 게시판에 합격자 명단을 대자보형식으로 발표하는 것이다. 결과는 보기 좋게 불합격이었다. 경쟁률이 낮았던 사시미와 병아리도 예외는 아니었다.

내신 성적도 바닥인 우리가 기댈 것은 학력고사 성적인데 그마저도 바닥이니 우리가 합격한다는 것은 입시부정이 아니고선 기대하기 어려운 일이었다. 떨어진 학생들에게는 후기 시험이 기다리고 있었다. 후기에도 떨어지면 전문대학 시험이 남았다. 하지만 우리가 뭘 할 수 있겠는가?

12월은 잔인한 달이다. 입시생 수가 워낙 많아서 공부를 잘하는 애들도 경쟁률에 밀려 불합격이 많았다. 불합격이 흉이라고 할 수 없었고, 재수ㆍ삼수는 기본이었다. 합격을 하고도 휴학계를 내고 재수하는 학생들이 많았다. 내년이 마지막 학력고사라는 소식 때문에 재수하는 학생이 더 늘었다고 했다. 1994년부터 수학능력시험으로 바뀐다는 말에 재수생들이 늘어난 것이다. 그 덕분에 나의 낙방은 큰 흉이 되지 않았다. 부모님은 벌써 재수를 생각하고 있는 듯했다.

난 무엇을 해야 할지, 앞으로 어떻게 살아야 할지 진지하게 고민했다. 하지만 내가 뭘 잘하는지 무엇을 좋아하는지 알기가 어려웠다. 그러는 동안 졸업일이 다가왔다.

졸업을 위해 나는 하루 전에 자취방을 찾아왔다. 사시미는 식당일을 했기 때문에 자취방을 그대로 쓰고 있었다. 사시미 방에는 병아리가 와 있었다. 녀석은 아랫목에 누워 만화책을 보고 있었다. 함께 대학에 떨어졌다는 동질감 때문이었을까? 병아리가 그렇게 반가울 수 없었다.

"잘 있었냐?"

"넌?"

"나야 잘 있었지."

"사시미는 식당 갔냐?"

"그래. 인환이 형이 졸업 축하 기념으로 술 한잔 사준다고 오늘밤 영업 끝나는 시간에 오라더라."

"오! 좋지."

나와 병아리는 만화책을 보면서 시간을 보냈다. 한심하
다고 생각할 수도 있겠지만 정글에서 우리가 할 수 있는
일이 그것밖에는 없었다.

인환이 형과 사시미가 다니는 복어집은 저녁 9시에 영
업이 끝났다. 복어집은 다리 건너에 조성되는 신도시에 있
었다. 주위에 법원이 있었는데 검찰공무원들이 단골이었
다. 우리는 택시를 타고 9시에 맞춰서 복어집으로 갔다. 영
업이 끝난 식당에서 사시미와 인환이 형이 우릴 기다리고
있었다. 물론 엄청난 성찬도 같이. 복어 맑은탕은 기본이
었고, 비싼 복어회도 있었다. 복어회는 내 친구 사시미가
뜬 것이다.

"복어는 살이 단단해서 얇게 썰어야 하는 거야. 내가 복
어회 뜬다고 무지하게 고생했다."

사시미가 지문이 닳은 엄지손가락을 보여주며 으스댔
다. 2개월 동안 사시미는 열심히 살고 있었던 거다. 접시가
비치도록 얇게 뜬 복어회는 쫀득쫀득하고 맛있었다. 한 접
시에 10만 원이나 하는 고가의 음식이었다. 우린 테이블에

둘러앉아 술을 마셨다. 소주가 한 병씩 늘어갔다. 사시미가 술을 따르며 눈을 흘겼다.

"팔봉이 너, 해수욕장에 갔을 때처럼 술 먹고 생떼를 부리는 것 아니냐?"

병아리가 웃으며 말했다.

"그래. 팔봉이 넌 조심해서 마셔야 한다."

"괜찮아. 남자가 술도 마셔 봐야지. 마셔, 마셔."

인환이 형이 술병을 들고 마시라는 손짓을 하였다. 술잔이 돌고 술병이 점점 늘어갔다. 그러나 현재의 내 삶에 불만도 많았고, 미래도 불안하긴 마찬가지였다. 될 대로 되라는 심산으로 주는 대로 넙죽넙죽 술을 마셨다.

"너희들 앞으로 뭘 할 거냐?"

인환이 형이 팔짱을 끼고 물었다.

"전 횟집 사장이 될 거예요. 아무래도 음식점 사장이 적성에 맞는 것 같아요."

사시미가 음산하게 웃었다.

"병아리는?"

"전… 재주도 없고… 딱히 하고 싶은 것도 없어요."

병아리의 말에 사시미가 오만상을 찡그리며 말했다.

"자식아, 사람은 꿈이 있어야 하는 거야."

잠시 생각하던 병아리가 말했다.

"꼭… 꿈이 있어야 하는 거냐? 난 꿈이 있어야 한다고 생각하지 않아. 그냥 꿈 없이도 살아갈 수도 있잖아."

나는 말문이 막혔다. 녀석의 말은 틀린 게 아니었다. 꿈을 꾸는 것은 인간의 특권이라고 할 수 있지만 꼭 꿈을 향해 살아갈 필요는 없는 것이다. 세상 사람들이 모두 꿈을 이룬다면 이 세상에 위대하지 않은 사람은 하나도 없을 테니까.

"그럼 넌 어떻게 살고 싶은데?"

"난 평범하게 공무원시험 준비해서 공무원이나 하려고."

인환이 형이 끼어들었다.

"많은 일들 가운데 하필이면 공무원이냐?"

"제가 할 만한 게 없어요. 박봉이라도 받아서 안정적으로 살려고요. 이게 말하자면 제 꿈이에요."

인환이 형이 고개를 끄덕였다.

"그래. 네 생각이 그렇다면 그런 거지. 팔봉이 너는?"

"전 뭘 해야 할지 모르겠어요. 잘하는 것도 없고… 그렇다고 공무원이 되는 건 죽어도 싫고… 놀고먹고는 싶고……."

사시미가 말했다.

"너, 글 잘 쓰잖아. 연애편지도 잘 쓰고, 대자보도 잘 쓰고… 너 때문에 펜팔도 무지하게 잘 됐잖아. 교육감님을 감동시켜서 창식이도 구제해 주고……."

"자식아, 글은 아무나 쓰냐?"

사시미가 말했다.

"무협소설 보면서 이 정도는 나도 쓰겠다고 중얼거릴 때는 언제고?"

"맞아. 귀에 못이 박히도록 들었다."

병아리가 맞장구를 쳤다. 바깥으로 나갈 용기가 없는 우리들은 아지트라 할 수 있는 자취방에서 만화와 무협지를 빌려 와서 읽었다. 그 중에서 영웅문은 밤을 새워 읽을 정도로 재미있었다. 사실 영웅문 같은 무협소설은 엄청나게 잘 써서 엄두가 나지 않았다. 알고 보니 김용이라는 작가는 홍콩의 문호(文豪)이며 신필(神筆)이라 불리는 사람이었다. 김용의 무협소설을 본 후 다른 무협소설을 보니 눈에 들어오지 않았다. 비유하자면 유명호텔의 고급 스테이크

260

260

를 먹던 사람이 분식점 돈가스를 맛보았을 때의 기분이라고 할까. 그때 잠시 내뱉은 말을 사시미가 기억하고 있었던 거다.

"너 편지 쓰거나 글 쓸 때 엄청 좋아해. 혼자 미친 사람처럼 킥킥거리고 웃기도 하고 시간가는 줄 모르더라."

그건 병아리 말이 맞다. 나는 글을 쓸 때 시간가는 줄 몰랐다. 어려서부터 책이나 만화책을 많이 본 탓인지 상상하는 것을 좋아했다. 물론 글을 쓰는 것도 좋아했다. 하지만 공부를 못해서 백일장에는 한 번도 나가 본 적이 없다. 그래서 내 글 실력이 어느 정도인지 나도 모른다.

"그럼 소설이나 써 볼까?"

"그래. 한번 해 봐. 김팔봉 작가, 멋있지 않냐?"

병아리가 웃었다.

"그래. 팔봉아, 넌 19금 소설이 어울려. 물레방앗간 셋째 딸 이런 거 말이야. 대박칠 것 같지 않냐?"

"그거 좋다. 물레방앗간 셋째 딸! 필명도 김육봉으로 바꿔. 아니 김육봉보다는 금육봉이 낫겠다."

사시미가 음흉하게 웃었다.

"금육봉 작가의 에로소설. 왠지 휴지회사가 대박날 것

같지 않냐?"

"맞아. 육봉아, 소설가로 대박나면 우리 모른 척하면 안 된다."

사시미와 병아리가 킥킥거리며 웃었다.

인환이 형은 얼굴에 드러나지 않지만 입술을 굳게 다물고 있는 것이 꼭 웃음을 참고 있는 것 같았다.

"농담하지 마라."

사시미가 손사래를 치며 말했다.

"농담 아니야. 너 작가 한번 해 봐라. 재능이 있는 것 같아."

문득 창식이가 떠나기 전에 글을 써 보라고 했던 말이 생각났다.

"정말 작가가 되어 볼까?"

인환이 형이 근엄하게 말했다.

"난 말이야. 조폭생활을 하다가 어렵게 다시 시작했잖냐. 내 딴엔 남들보다 늦었다고 생각했는데 늦은 게 아니더라. 중요한 건 내가 목표를 세우고 나서 삶이 달라졌다는 거야. 사람을 찌르는 칼이 아니라 사람을 행복하게 해 주는 칼을 잡겠다, 그런 요리사가 되겠다, 그것이 내 목표였거든. 결국 요리를 배우려고 조폭생활을 청산했지. 목표가 생기면 200% 이상의 능력이 발휘되는 것 같더라. 실력도 빨리 늘고 인정도 받고 말이야. 난 이 식당에서 요리하면서 사는 게 즐거워. 내 힘으로 깨끗한 돈을 벌어 사는 게 행복하거든."

"저도 그래요."

사시미가 손을 번쩍 들었다. 같은 업계의 사장을 동경하는 사시미와 인환이 형은 묘한 동질감이 있는 것 같았다. 인환이 형이 술잔을 들며 말했다.

"내가 성실하게 살다 보니 너희들 같은 친구도 생기고 말이야. 이렇게 축하주도 마실 수 있으니 좋네."

"에이, 형하고 우리 나이 차이가 얼만데 친구예요?"

"나이가 무슨 상관이야?"

"그럼 말 놓을까요? 인환아, 인환아."

"아! 좋지. 인환아, 안주가 모자란다."

사시미와 병아리도 따라서 이름을 막 부르곤 키득키득 웃었다.

"자식들이 막나가네."

인환이 형이 미소를 지으며 술을 마셨다. 나는 오늘따라 인환이 형이 다르게 보였다. 무언가 꿈꾸는 것이 있는 사람은 그렇지 않는 사람보다 행복해 보였다. 물론 병아리도 행복한 것 같지만 나도 인환이 형처럼 나만의 꿈을 가져야 겠다는 생각이 들었다. 나는 잔을 들고 선언하듯 말했다.

"좋아. 나는 그럼 작가가 되겠어. 한번 해 보지 뭐."

사시미가 잔을 들고 말했다.

"좋아. 그럼 난 횟집 사장이 되겠다."

병아리가 술잔을 들고 말했다.

"난… 공무원이나 하지 뭐."

인환이 형이 끼어들었다.

"짜식들, 기특하네. 내가 얼마 살진 않았지만 인생 별거 없더라. 대학 떨어지면 어때? 실패하면 어때? 다시 시작하면 되는 거지. 의지와 각오만 있으면 뭔들 못하겠냐? 다시 시작하는 거야. 자! 우리들의 미래를 위해 건배 한번 하자."

"건배!"

우린 기분 좋게 술을 마셨다. 9시부터 시작한 음주가 이야기꽃으로 길어져서 새벽 3시쯤에 끝났다. 기분 때문이었을까? 네 사람이 소주 한 박스를 마셨지만 취했다는 기분이 들지 않았다. 우린 자취방으로 돌아가기 위해 음식점을 나왔다. 인환이 형은 말짱한 얼굴로 테이블 정리와 청소 때문에 늦는다고 했다.

바깥 날씨는 무척이나 추웠다. 밤이 늦어서 거리에는 사람도 차도 없었다. 육식동물도 이 시간에는 자러 간 모양이었다. 육식동물이 사라진 거리에는 우리가 왕이다. 우리는 어깨동무를 하고 걸었다. 집으로 가기 위해 건너야 하는 긴 다리에서 우리는 고래고래 노래를 불렀다.

자~ 떠나자 동해바다로~
신화처럼 숨을 쉬는 고래 잡으러~

육식동물의 눈치만 보고 살던 초식동물의 해방감이었을까? 목청껏 노래를 부르니 진정한 자유인이 된 것 같았다. 다리 아래 강물이 흰구렁이처럼 보였다. 하얀 얼음이 가로등 불빛에 반사되었다. 알 수 없는 호기가 가슴속에서 솟구쳤다.

"야! 우리 저기 들어가 볼까?"

"뭐? 너 미쳤냐?"

"미치긴. 우리도 특전사처럼 얼음장 속에 들어가 보자고. 다시 시작하는 우리들의 인생을 다짐하는 의미에서 말이야. 겁나냐?"

"겁? 지금 장난하냐? 그까짓 거 들어가지 뭐."

사시미는 주먹을 불끈 쥐고 소리쳤고,

"엄청 추울 것 같은데……."

하고 병아리는 불안한 듯 다리 아래를 내려다보았다.

"무서우면 하지 마."

"그래. 쫄리면 하지 마."

나와 사시미가 번갈아가며 병아리를 비웃었다.

병아리가 한숨을 내쉬며 말했다.

"에휴~ 나도 간다."

"오! 좋았어. 인생 별 거 있냐? 한번 들어가 보자."

나는 병아리와 어깨동무를 하고 소리쳤다.

"인생 별 거 있냐? 가자."

사시미가 주먹을 불끈 쥐며 호기 있게 소리쳤다.

"쫄지 마."

"그래. 설마 죽기야 하겠어?"

우린 노르망디 상륙작전을 감행하는 연합군처럼 다리 아래로 성큼성큼 내려갔다. 겨울 물가를 스쳐가는 칼바람도 차갑게 느껴지지 않았다. 얼음판 앞에 멈추어 서니 얼지 않은 곳이 보였다. 우리의 목표 지점이었다.

나는 말없이 옷을 벗었다. 사시미와 병아리도 하나씩 벗었다. 보는 사람도 없는데 부끄러울 일도 없었다. 우린 남김없이 홀랑 벗고 용기 있게 얼음판 위를 걸어갔다. 우리 마음속에 있던 겁이라는 녀석이 술과 함께 어디론가 날아가 버린 것 같았다. 그렇게 열 발자국쯤 걸어왔을까?

뿌지직—

동시에 걸음을 멈추었다.

"이거 깨지는 것 아냐?"

"그, 그럴 리가……."

"이렇게 추운데 꽁꽁 얼었겠지."

"그치?"

"근데 저긴 아직 안 얼었잖아."

병아리가 얼지 않은 곳을 가리켰다. 물이 얼지 않았다면 그 주변의 얼음은 단단하게 얼지 않았다는 말이 된다.

"서, 설마……."

갑자기 얼음이 깨지며 일제히 물속으로 쑥 빠져들었다. 정신이 번쩍 들었다. 얼음장 안으로 들어가면 죽는다는 말이 생각났다. 얼음이 단단해서 숨을 쉴 수가 없기 때문이다. 난 살기 위해 필사적으로 허우적거렸다. 다행이 바닥에 발이 닿았다. 바닥에 발을 지탱하고 일어나니 가슴 정도의 깊이였다. 안도의 한숨을 내쉬며 정신을 차리니 눈앞에 사시미와 병아리가 보였다. 물 위로 머리를 내민 녀석들이 눈을 굴리고 있었다.

얼음 밑으로 흐르는 물은 더욱 차가웠다. 냉기가 몸속으로 파고드는 것 같았다. 뒤늦은 후회가 밀려왔지만 이제 와서 철수하자고 먼저 말할 수는 없었다. 우린 말없이 추위를 참으며 서로를 바라보았다. 사시미와 병아리도 입을 굳게 다물고 물위로 목만 내민 채 서로를 바라보았다.

또르르르– 또르르르–

온 세상의 소리가 사라지고 눈알 돌아가는 소리만 남은 것 같았다. 나는 사시미와 병아리, 둘 중의 하나가 철수하자고 말을 꺼내기만 기다렸다. 하지만 녀석들은 입을 열지 않고 눈치만 살폈다. 녀석들도 내가 먼저 말을 꺼내길 기다리는 것 같았다. 나름 사나이의 자존심이었을 것이다. 물에 들어온 지 얼마 되지 않았는데 엄청나게 시간이 흐른 것 같았다. 자존심이고 나발이고 나는 도저히 참을 수 없었다. 일단 살고 보는 것이 중요했다.

268

"야, 철수하자."

기다렸다는 듯이 우린 얼음물에서 먼저 나가려고 발버둥을 쳤다. 세 녀석이 얼음판 위로 올라가려 하니 얼음이 자꾸만 깨졌다. 깨진 얼음을 물속으로 밀어 넣으며 얼음판 위로 올라가려고 안간힘을 썼다. 겨우 얼음판 위에 올라오니 이번에는 얼음판에 발이 자꾸만 달라붙었다. 마치 두 발이 자석처럼 얼음판에 턱턱 달라붙어서 발을 뗄 수가 없었다.

"이럴 땐 기압을 넣어서 발을 떼는 거야."

우린 고래고래 소리를 지르며 얼음판에서 걸음을 옮겼다.

이얍-

크아-

아자자자--

인적이 끊긴 강가에 악쓰는 소리가 울려 퍼졌다. 젖은 몸이 바람을 맞으니 얼어붙는 것 같았다. 우린 덜덜덜 떨면서 벗어놓은 옷을 입었다. 간신히 옷을 입고 다리 위로 올라오니 멀리서 차 한 대가 다가오고 있었다. 차가 우리 앞에서 멈추었다. 봉고차의 창문이 내려가더니 인환이 형의 얼굴이 나타났다.

"너희들 여기서 뭐하냐?"

얼음물에 빠진 생쥐가 된 우리는 인환이 형의 봉고차를 타고 자취방으로 올 수 있었다. 그때를 떠올리면 생각나는 것은 사시미와 병아리의 뒷머리에 매달린 고드름과 오늘이 올겨울 가장 추운 날씨라는 라디오 아나운서의 목소리였다.

다음날 아침, 술에서 깬 우리의 모습은 가관이었다. 난 왼쪽 새끼발가락의 발톱이 빠진 줄도 몰랐고, 사시미와 병아리는 피부병에 걸렸다. 우리 모두 다리와 배에 얇은 칼자국 같은 것이 있었는데 생각해 보니 얼음을 깨고 나오다가 생긴 상처 같았다. 그렇게 우리들은 술이 덜 깬 상태로 고교 졸업식을 치러야 했다.

고교 졸업식은 딱딱하고 지루했다. 졸업식이 끝나자 기다렸다는 듯이 밀가루와 계란이 날아들었다. 쫓기는 선배와 쫓는 후배, 밀가루와 고성이 난무하는 졸업식장은 마치 최루탄과 화염병이 난무하는 시위장 같았다. 시위장. 그것이 내가 기억하는 고3의 졸업식이었다.

어린 사자의 시간

졸업식이 끝난 후, 우린 자신의 목표를 위해 열심히 살아왔다. 다른 아이들보다 목표를 늦게 가지게 되었지만 결코 늦은 것은 아니었다. 우린 단지, 이 세상에서 뭘 하고 싶은지, 뭘 해야 하는지를 몰랐던 것 뿐이었다.

누구에게나 미래는 막연하다. 확실하지 않은 미래를 위해 희망을 동아줄처럼 잡고 달려 나가는 수밖에 없다. 우리에겐 젊음이라는 무기가 있었고, 앞으로의 가능성과 시간이 넓게 펼쳐져 있었다. 하지만 말처럼 세상을 산다는 것은 쉬운 것이 아니다. 특히 인생이라는 것은 말이다.

삶이란 무엇일까? 어떻게 살아야 하나? 난 뭘 해야 하지? 무엇을 선택해야 하나? 매일매일 살아가다 만나게 되는 인생의 갈림길은 더 나은 길을 가기 위해 둘 중의 하나를 선택해야 하는 치열한 고뇌의 순간이다.

하나의 길을 포기하고 하나의 길을 따라가다 보면 또 다시 갈림길을 만나고, 하나를 선택하여 가다 보면 또 다시 갈림길을 만난다.

어쩌면 인생은 끝없는 갈림길의 선택이 아닐까? 끝없이 이어지는 갈림길에서 우리는 흔들리게 된다. 내가 내린 결정이 옳은 것인지 잘못된 것인지, 잘 살아온 것인지 잘못 살고 있는 것은 아닌지, 이대로 가야 할 것인지 다른 방향을 선택해야 할 것인지, 미래를 어떻게 살아가야 할지 언제나 고뇌하게 된다.

선택은 온전히 자신의 몫이다. 자신의 선택이 인생을 만들어 가는 것이다.

꿈이 없어도 좋다. 부지런하면 어떻게든 살아가게 된다. 하지만 한번뿐인 인생에서 이왕이면 내가 좋아하는 일을 하면서 산다면 삶이 조금은 더 행복하지 않을까? 남들보다 덜 벌고 그로 인해 살아가는 일이 힘들어도 내가 좋아하는 일을 한다면 마음만은 행복하지 않을까?

나는 주변에서 바르지 않지만 떵떵거리며 살아온 사람을 많이 보았다. 바르지 않게 부와 권력을 쟁취하고 그것을 지키기 위해 수많은 불법과 부정을 저지르면서도 부끄러움을 모른 채 살아오는 권력자와 재벌들. 수많은 사람들의 지탄을 받으면서도 그들은 행복하다고 말할 수 있을까? 오물을 뒤집어쓰고 이룬 부귀영화를 성공이라고 한다면 우리 사회는 오랫동안 왜곡된 성공의 허상을 쫓았던 것인지도 모른다.

나는 훌륭한 사람이 될 능력도 없을 뿐더러 되고 싶지 않았다. 나는 다만 내가 좋아하고 오랫동안 행복할 수 있는 일을 하는 사람이 되고 싶었다. 그 일을 하기 위해 가장 중요한 것은 포기하지 않는 것이었다.

자신의 일과 미래에 확신이 없다면 마음이 흔들리기 쉽고 포기하기도 쉽다. 하지만 자신이 좋아하는 일에는 200% 에너지를 쏟아낼 수 있었다. 대학을 다니는 아이들이 교정에서 자신의 미래를 준비하듯이, 우리들은 보이지 않는 막연한 희망이 있는 미래를 위해 열심히 노력했다.

시간은 화살처럼 흘러갔다. 25년이 지난 후, 중년이 된 우리들의 모습만큼 많은 것이 변해 있었다. 사시미는 식당을 전전하며 일을 배웠고, 마침내 자신의 식당을 가지게 되었다. 처음에는 조그마한 식당이었지만 수완이 좋고 재주가 뛰어나서 제법 큰 횟집 사장이 되었다.

병아리는 이듬해 공무원시험에 합격해서 철도공무원이 되었다. 25년 넘게 근속한 병아리는 현재 L시의 부역장이 되었다. 자퇴를 한 창식이는 울산의 직업학교에 들어갔다. 직업학교에서 기술을 배운 창식이는 S중공업에 취직했다. 녀석은 그곳에서 검정고시를 봐서 고등학교를 졸업하고, 일을 하면서 야간대학교를 다녔다. 지금은 노조에서 제법 큰 위치에 올라 힘없는 노동자들을 위해 싸우고 있다.

인환이 형은 개업한 횟집이 장사가 되지 않아서 파리만 날리게 될 처지였는데 밑반찬으로 나간 간장게장이 맛있다는 말을 듣고 간장게장식당을 차려서 성공하였다. 인환이 형이 간장게장 비법을 배운다고 무슨 일을 했는지는 여러분들도 쉽게 짐작할 수 있을 것이다. 그 밖에도 몇 녀석이 더 있다.

포클레인 광민이는 어울리지 않게 국내 굴지의 S그룹 차장이 되었다. 그놈은 우리들 가운데 가장 먼저 군대에 입대에서 제대했다. 포클레인 자격증 덕분에 공병대에서

군복무를 마친 녀석은 무슨 바람이 불었는지 다시 공부를 해서 대학교에 입학했다. 졸업 후 공채에 당당히 합격해서 대기업 직원이 되었다. 명문대 졸업생도 아닌 지극히 평범한 녀석이 대기업 직원이 된 것은 오로지 다른 이들과 확연히 다른 이력 때문이었다.

널짝은 제법 큰 고물상을 운영하고 있었다. 말이 고물상이지 재활용 고철은 벌어들이는 돈이 상상을 초월했다.

공부 잘하던 봉석이는 예상대로 명문대학교 의과대학을 졸업하여 병원장이 되었다. 녀석이 꿈을 이룬 것은 우리보다 일찍 목표를 정하고 열심히 했기 때문이다. 녀석은 외지에 살고, 바빠서 동창회에는 잘 나타나지 않는다. 하지만 동창회비는 꼬박꼬박 내고 있다.

난 어떻게 되었냐고? 나의 삶은 무척이나 파란만장했다. 작가가 되기로 마음먹은 후, 열심히 공부해서 4년제 대학에 들어갔다. 뭔가 하겠다고 마음을 먹으니 공부가 잘되었다. 영규 형이 가르쳐 준대로 기본부터 차근차근 시작한 것이 큰 도움이 되었다.

하지만 작가가 되는 것은 쉽지가 않았다. 부모님과 일가친척들은 작가가 되는 것은 어렵다며 일찌감치 포기를 종용했다. 사실 백일장에서 상 한 번 탄 적이 없는 내가 작가의 꿈을 꾼 것이 이질적이긴 했다. 하지만 나는 왠지 할 수 있을 것 같다는 자신이 있었다.

근거를 알 수 없는 자신감 하나로 시작한 일은 예상대로 고난의 연속이었다. 공모전에 떨어진 것이 손가락 발가락을 합친 것보다 많았다. 하지만 나는 포기하지 않았고 마침내 내 꿈을 이룰 수 있었다.

길은 하나만 있는 것이 아니다. 정상으로 가는 길도 하나만 있는 것이 아니다. 수십 개의 길 가운데 내게 맞는 하나의 길을 찾아서 가면 되는 것이다. 어려우면 쉬었다 가면 된다. 그렇게 포기하지 않고 가다 보면 내가 하고자 하는 목적지가 나타나는 법이다.

고등학교를 다닐 무렵, 우린 자신을 초식동물이라 생각했고, 영원히 초식동물로만 존재할 줄 알았다. 무서운 육식동물이 우글거리는 정글에서 영원히 눈치나 보며 살아가야 할 줄로만 알았다. 하지만 그때 내가 그렇게 살지 않겠다고 마음먹은 후부터 세상을 그렇게 살아가지 않아도 되었다.

그 당시 나는 어리석었다. 상식이 무엇인지, 정의가 무엇인지 몰랐다. 세상을 비정한 밀림으로 만든 것은 정의롭지 않은 육식동물들이었고, 그들은 그들의 권력과 안녕을 위해 세상의 질서를 왜곡했던 것이다. 인간답게 살아간다는 것은 짐승의 삶과는 다르다.

약한 자들이 강한 자들에게 희생되는 것은 자연의 질서지만 인간이 짐승과 다른 것은 그 질서를 벗어나고자 하는 이성과 행동이 있기 때문이다. 난 영규 형의 죽음을 통해 정의를 아는 인간이 되었다. 나는 세상을 상식적으로 보려고 생각했다. 그리고 적어도 자신에게 부끄럽지 않은 사람이 되기 위해 노력했다.

그렇게 20년이라는 시간이 지난 후, 그때의 초식동물들은 한 가정의 가장으로, 성공한 CEO로, 자신의 위치를 가진 사회인으로 세상 속에서 당당하게 살아가고 있었다. 난 비로소 알 것 같았다. 본래부터 우린 초식동물이 아니었다. 정글을 지배하던 최강의 육식동물. 날카로운 이빨과 강인한 발톱을 숨기고 어리석게 살았던 어리고 약한 사자였던 것이다.

終

작가의 말

과거와 현재의 환경이 다르듯 과거세대와 현재세대의 가치관도 시대에 따라 다르지만 세대를 초월하여 공통점을 찾는다면 그것은 자신의 미래에 대한 고민일 것이다. 특히 몸과 마음이 성숙하는 청소년기는 더욱 미래의 고민이 깊어질 시기다.

필자는 1990년대 고등학교를 다녔다. 이 소설은 자전적인 소설이기도 하고, 동시대를 살았던 사람들의 이야기이기도 하다. 시대가 다르지만 이 시기에도 청소년들의 고민은 한결 같았다.

1990년대는 대한민국의 역사에서 혼돈기이며 격변기라

고 할 수 있다. 독재정권으로 대변되던 군사정권이 민주화라는 변화를 만나기 시작하던 시기였다. 이 시기 수많은 대학생들이 최루탄을 마시고 화염병을 던지며 자유와 민주주의를 갈망했다. 군대처럼 교복을 입고 머리카락을 일률적으로 깎고 다녔던 고등학생들의 복장과 두발이 자유화되던 시기도 이 시기였다. 안팎으로 급격한 변화기였다.

나는 대단한 이야기를 쓰려고 이 책을 시작하지 않았다. 주먹으로 학교를 좌지우지하던 아이들이나 공부를 대단히 잘하던 아이들의 이야기도 아닌, 평범했던 학생들의 이야기를 쓰고 싶었다. 그들은 현재 우리 주변에서 흔히 볼 수 있는 사회구성원이면서 사회를 이끌어 나가는 주역이기도 하다.

1990년대는 또한 치열한 경쟁사회였다. 당시에는 60여 명이 한 반에서 공부했고, 그만큼 경쟁률이 대단했던 시기였다. 공부를 못하는 것은 도태된다는 것을 의미했고, 미래에 대한 불안감이 깊었던 시기였다. 대학에 떨어진 아이들은 미래가 없다고 생각하기도 했다. 하지만 평범했던 그들은 사회에서 각자의 몫을 담당해 나갔다.

혹자는 당시와 지금이 다르다고 할 수도 있다. 하지만

지금으로부터 20여 년이 지난 후, 사회의 한 축을 담당하고 있는 자신과 친구들의 모습을 바라본다면 그땐 지금과는 다른 생각을 하게 될지도 모른다.

꿈을 일찍 발견하는 것은 좋은 일이지만 꿈을 발견하지 못해 '내게는 꿈이 없는 건 아닐까' 라고 생각해도 괜찮다. 어떻게든 살아가게 되는 것이 인생이다. 중요한 것은 '어떻게 살아갈 것인가' 의 문제다. 사람의 모습과 살아온 환경이 다르듯이 저마다의 소질과 능력도 다르다. 살아갈 인생의 길도 각각 다르다. 그런데 우리들은 하나만을 쫓아간다. 서로를 비교하며 살아간다. 누구를 위한 인생인가? 누구를 위한 성공인가? 우린 허상을 쫓고 있는 것은 아닐까? 내 인생의 주인공은 내가 되어야 한다. 내가 행복한 인생을 살아야 한다.

청소년기는 사자가 되어 가는 과정이라고 생각한다. 어린 사자의 시기이다. 이 소설을 통해 하나뿐인 인생을 사자처럼 당당하게 살아갈 수 있는 해답을 찾아보는 시간이 되었으면 더 없이 좋겠다.